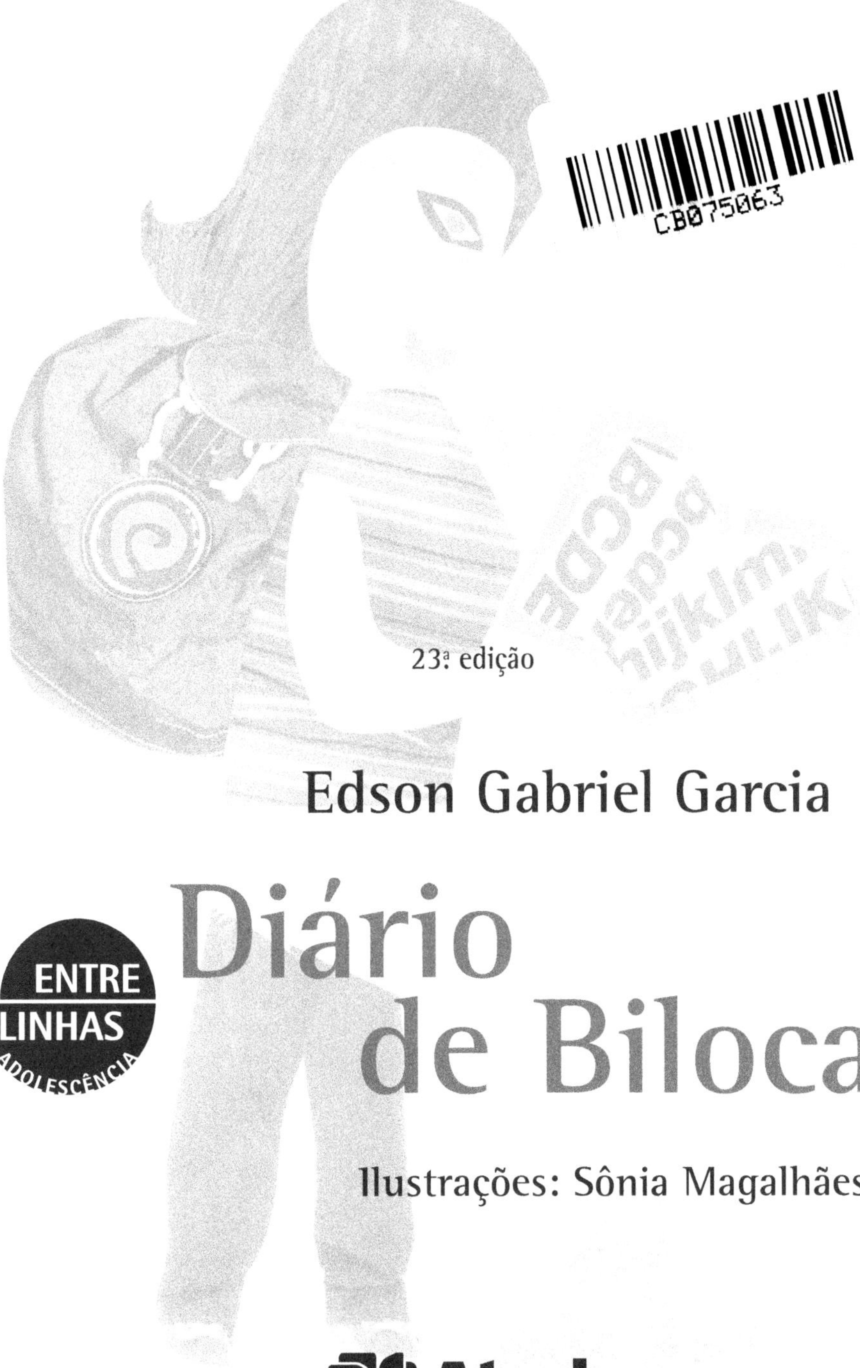

23ª edição

Edson Gabriel Garcia

Diário de Biloca

Ilustrações: Sônia Magalhães

Série Entre Linhas

Editor • Henrique Félix
Assistente editorial • Jacqueline F. de Barros
Preparação de texto • Lúcia Leal Ferreira
Revisão de texto • Pedro Cunha Jr. e Lilian Semenichin (coords.)/Edilene Martins dos Santos/Marcelo Zanon

Gerente de arte • Nair de Medeiros Barbosa
Diagramação • Setup Bureau Editoração Eletrônica S/C Ltda
Projeto gráfico de capa e miolo • Homem de Melo & Troia Design

Suplemento de leitura • Nair Hitomi Kayo
Projeto de trabalho interdisciplinar • Nair Hitomi Kayo e Lúcia Leal Ferreira
Produtor gráfico • Rogério Strelciuc

Dados Internacionais de Catalogação na Publicação (CIP)
(Câmara Brasileira do Livro, SP, Brasil)

Garcia, Edson Gabriel, 1949-
  Diário de Biloca / Edson Gabriel Garcia; ilustrações Sônia Magalhães. – São Paulo : Atual, 2003. – (Entre Linhas: Adolescência)

  Inclui roteiro de leitura.
  ISBN 978-85-357-0323-8

  1. Literatura infantojuvenil I. Magalhães, Sônia. II. Título. III. Série.

03-0356   CDD-028.5

Índices para catálogo sistemático:
  1. Literatura infantojuvenil 028.5
  2. Literatura infantil 028.5

Copyright © Edson Gabriel Garcia, 1989.
SARAIVA Educação S.A.
Avenida das Nações Unidas, 7221 - Pinheiros
CEP 05425-902 - São Paulo - SP
Todos os direitos reservados.

Tel.: 4003-3061
www.coletivoleitor.com.br
atendimento@aticascipione.com.br

23ª edição/10ª tiragem
2021

CL: 810465
CAE: 602612

Para a Liza.

15 de fevereiro

Ganhei este diário hoje.

Bem... na verdade, eu ganhei no ano passado, no dia da troca do presente de amigo secreto. Fiquei superfeliz de ter sido amiga da Dri. Além do diário ganhei uma pulseira lindíssima. Adorei o diário... mas só estou começando a escrever hoje porque vieram as férias... o início das aulas... Não tinha começado ainda por pura preguiça — gostar de escrever eu até gosto. E prometo, de pés juntos e dedos cruzados, que a partir de hoje não falho mais um dia sequer... Só se...

Espero realmente que aconteçam boas coisas para contar. Se for como o ano passado, cruz-credo. Nem gosto de lembrar, mas como não consigo controlar a portinha da lembrança, acabo pensando tudo outra vez. A pior de todas foi mesmo a recuperação que eu peguei em Português. Por pouco, muito pouco, não termino o ano com uma preciosa bomba que certamente iria explodir na minha casa. Ufa, ainda bem que passou, e o que passou, passou. Como diz minha avó: "águas passadas não movem moinho". Se movem ou não movem não quero saber, este ano eu não vou marcar bobeira. Recuperação nunquinha, nunquinha. Vou tirar tudo de letra. Sem... chega de falar de coisa chata. Acho que para começar um diário é preciso coisas alegres, senão dá azar.

Biloca

16 de fevereiro

As aulas começam amanhã. Ano novo. Vida nova. Tomara que eu não caia na classe da Marília.

22 de fevereiro

Nada de importante. Ou melhor: tudo é importante. Como não cabe tudo aqui, nem tenho tanto tempo assim, escolho alguma coisa e vamos lá. Anteontem eu precisei de dinheiro para comprar um tênis novo. Fiz um bilhete, logo de manhã, antes de ir para a escola, e coloquei na geladeira, preso na porta pelo ímã, no mesmo lugar em que minha mãe anota suas coisas que não devem ser esquecidas.

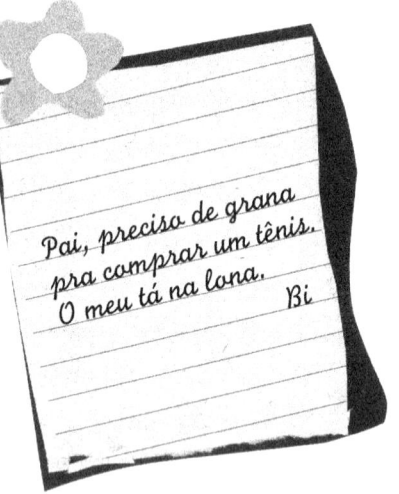

Pai, preciso de grana pra comprar um tênis. O meu tá na lona.
Bi

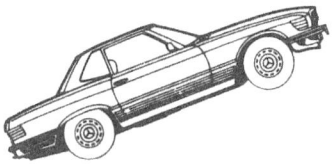

Na hora do almoço a resposta estava no mesmo lugar.

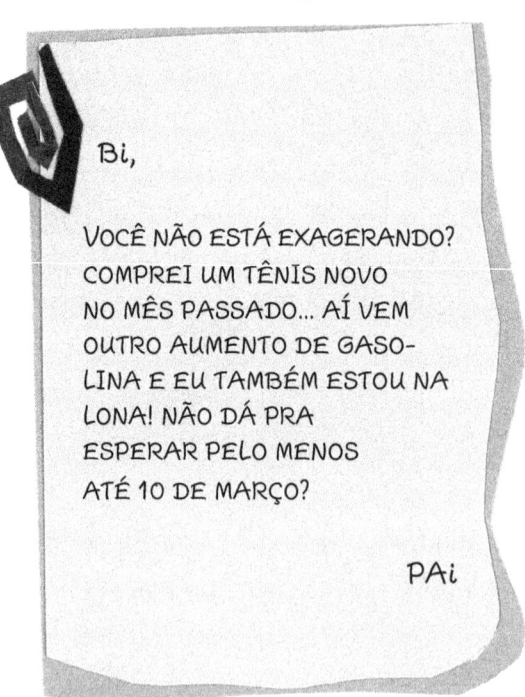

Bi,

VOCÊ NÃO ESTÁ EXAGERANDO? COMPREI UM TÊNIS NOVO NO MÊS PASSADO... AÍ VEM OUTRO AUMENTO DE GASOLINA E EU TAMBÉM ESTOU NA LONA! NÃO DÁ PRA ESPERAR PELO MENOS ATÉ 10 DE MARÇO?

PAI

Espertinho, meu pai. Tem boa memória. Melhor do que a minha. Quem foi que disse que os mais velhos perdem a memória? E essa de aumento de gasolina? Bem que ele podia arrumar outra desculpa. Já não bastam as desculpas para não aumentar minha mesada. Mesada: que nome mais estranho para uma miséria de dinheiro. Será que é porque o pai deixa em cima da mesa e sai de fininho, com vergonha do pouquinho, ou é por causa do mês? De qualquer forma, sobram muitos dias do mês no fim da mesada.

Na hora do almoço, não deixei por menos, botei outro bilhete para meu pai. Toma lá dá cá.

Pai, você esqueceu que eu tenho só um par! Só se eu botar os pés na cabeça.
Bi

E me mandei antes dele. Tinha trabalho de escola para fazer na casa da Adriana. Nem deu para ajudar minha mãe na cozinha. Ela resmungou "você sempre arruma desculpa", mas fez que entendeu. Coisas e coração de mãe.

De tarde, tinha resposta do senhor Alceu, meu pai, doce pai. Num pedaço de papel de pão.

Bi,

VOCÊ NÃO ACHA QUE ESTÁ GASTANDO MUITAS FOLHAS DA SUA CADERNETA? DAQUI A POUCO VEM ME PEDIR PRA COMPRAR UM CADERNO NOVO DE NOVO! UM BEIJO NA PONTA DO SEU NARIZ METIDO.

PAI

Não me segurei e gritei bem alto um "sacanagem", tirado lá do fundo da raiva. Na hora da janta, quando ele chegou, já tinha outro bilhete, desta vez escrito no mesmo pedaço de papel de pão que ele tinha usado, do outro lado.

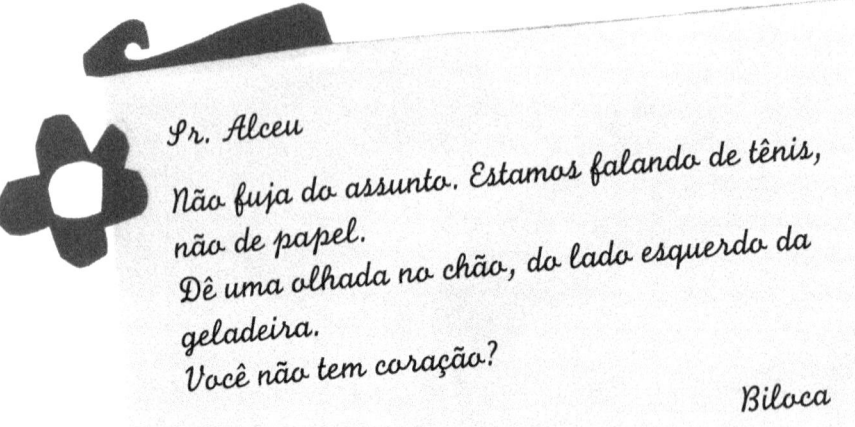

Sr. Alceu
Não fuja do assunto. Estamos falando de tênis, não de papel.
Dê uma olhada no chão, do lado esquerdo da geladeira.
Você não tem coração?

Biloca

Não quis jantar nem conversar com ele. Afinal, isso lá é jeito de tratar uma filha?

Biloca

23 de fevereiro

Hoje de manhã, quando acordei, tinha um pedaço de papel dobrado perto da porta do meu quarto.

Peguei o papel, era um bilhete do meu pai. Tinha até recorte de figura de revista.

O senhor Alceu me paga. Vou devolver com juros e correção monetária.

Biloca

24 de fevereiro

Não falei mais com meu pai, nem de papel, nem de boca. Também não falei com minha mãe. Como vou ao aniversário do Ricardo? Feito pateta? Na frente do André, do Kikão, da Dri, da Isa... Por falar no aniversário dele, veja que graça o convite que o Ricardo me mandou. Eu adoro ele. Amigão, de conversa e coração.

Você está convidada para a festa do meu níver.
Sábado, depois das cinco da tarde, em minha casa.
Ricardo

Biloca, sem você a festa não tem graça.

25 de fevereiro

Meu diário, eu sei que não deveria enchê-lo com esse tipo de conversa, mas, cá entre nós, como tem gente chata nesse mundo. Tipo a Marília.

26 de fevereiro

Faz dez dias que as aulas começaram e eu (morro de vergonha de dizer isso, mas é a mais pura verdade verdadeira) já estou cheia. Minha classe é muito grande, quase quarenta alunos. É gostoso, no intervalo, na hora da entrada, na saída, a gente conversa num grupo grande e anda junto um pedação. Rola muito papo furado, sarro e risada. Mas na hora da aula é complicado. Aluna assim como eu,

mais vale um pássaro na mão do que dois presos numa gaiola

que não é a "primeira da classe" e com o pensamento voando longe toda hora, tem muita dificuldade de se concentrar e prestar atenção nas explicações dos professores. Tem sempre um burburinho no ar, um zunzum e um titi de conversa que nunca para, uma mão solta que cutuca você por baixo, um pedaço de papel amarrotado que voa de um lugar para outro, uma pergunta imbecil de propósito, uma tosse fora de hora e inúmeras broncas dos professores. (Aliás, professor quando morre deve ir direto para o céu, sem escala.) A turma é legal, mas é muita gente numa mesma sala. Parece ônibus lotado no fim do dia. Além do mais, tem um ou outro professor duríssimo de se aguentar, e cada assunto que vou te contar! Você não acredita, mas outro dia estudamos na aula de Ciências um treco chamado acústica, que fala dos sons, da frequência e da velocidade dos sons... Gente, coisa de louco. Estou sempre perguntando para a minha mãe por que é que a escola não ensina coisas que a gente possa aproveitar na vida. É muito difícil estudar umas coisas que você não sabe para que servem. A professora de Português, Glorinha, está sempre orientando nossa leitura e indicando livros interessantes, além de ajudar nas redações. Por incrível que pareça, a maioria da classe gosta de ler e escrever... Mas nem me fale de gramática! Ufa! Quem inventou isso? Pra que serve? Ufa! Deus me livre! Ave Maria! Outro dia tinha no mural da escola uma poesia, não sei de quem, que era o maior barato. Falava de um professor que foi assassinado por um objeto direto!

Pode? Se eu cruzar com ela (poesia) no mural eu tiro uma cópia para você. Bem... chega de chatice. Tem um gato novo na minha classe. Veio de outra escola, não sei qual. Já fez amizade com a turma toda. A Marília já derrubou as suas asinhas pro lado dele, mas ele "ó, nem te ligo". Engraçado que ela até mudou as roupas, indo na escola com umas roupas incrementadas, de marca. Tem gente que pensa que roupa é tudo na vida. Por fora bela viola, por dentro pão bolorento, como diz o provérbio. Eu não ligo a mínima pra essas coisas de marca de roupa, de grife, só um pouquinho... Afinal ninguém é de ferro e eu também gosto de uma roupa bonita, bem transada. Pois, fim de papo, o Rô é um gatão e faz cada desenho superchegado. Não ganhei nenhum, mas já pedi o meu.

Beijos,
Biloca

Querida Juliana,

Apesar de ter conhecido você há tão pouco tempo, sinto-me como sua verdadeira amiga e espero que você também pense o mesmo de mim. É tão bom a gente ter uma amiga para conversar certas coisas que ficam guardadas nas gavetinhas escondidas da nossa vida! Não fique pensando "que coisas são essas". Não pense nada adiantado. Espere um pouco que eu já contarei essas coisas para você. Só espero que tenha paciência para ouvir, isto é, para ler. Ah! Se você não quiser, não precisa responder. Se você ler eu já me sinto bem. Como dizem os maiores que nós, "é tão bom ter um ombro amigo"; eu digo: é tão bom ter um ouvido amigo! Só espero não me tornar uma chata. Bem... cada coisa interessante que acontece na vida da gente! Pois você acredita (ah! claro que acredita, deve ter acontecido com você também) que até o ano passado o único sentimento mais forte que eu tinha para os meninos era bronca? Bronca do jeito esganiçado de falar, do jeito estabanado de andar... e de um punhado de outras coisas. Mas este ano as coisas mudaram... ou eu mudei, sei lá. Pois é, assim quase que de repente eu passei a achá-los mais legais, mais interessantes, mais isso e aquilo. E o pior (ou melhor...) é que tem um colega da minha classe que é mais legal, mais interessante, mais isso, mais tudo que os outros. É o Rodrigo. Quando eu o vejo, ou quando converso com ele, alguma coisa diferente acontece comigo. O coração bate mais depressa, um friozinho que é quente e frio ao mesmo tempo corre pelo corpo e um gosto de dropes sabor menta enche minha boca. Será que isso é...? Será? E por que logo ele? Está cheio de meninas em volta dele. Algumas até se oferecendo. Parece mercadoria que ninguém quer comprar e precisa ser vendida mais barato. O que você acha disso, Juliana? E o que eu faço? Deixo o tempo correr? Claro, começo por aí. Alguma coisa deverá acontecer, para um lado ou para outro. Se você tiver mais paciência, eu volto a escrever e te conto os acontecidos.

Fabiana, 26/02

28 de fevereiro

(Mês mais curto é mais gostoso porque tem menos coisa chata na vida da gente.)

Meu pai ainda não comprou meu tênis, nem me deu o dinheiro. ODEIO meu pai. Qualquer hora faço escândalo pra toda a vizinhança saber. Odeio meu pai. Ele é feio, horroroso. Ainda bem que este mesinho horroroso como meu pai já acabou.

Hoje não tem beijos, senão é capaz de sair veneno.

Biloca

3 de março

(Este mês é muito comprido, demora para acabar.)

Aí vai uma cópia da poesia do professor e do objeto direto. É do poeta Paulo Leminski. Genial, não!? Entenda como quiser. Desculpe a demora, mas andei muito ocupada nesta semana.

"O assassino
era o escriba

Meu professor de análise sintática era o tipo do sujeito inexistente.
Um pleonasmo, o principal predicado da sua vida,
regular como um paradigma da 1ª conjugação.
Entre uma oração subordinada e um adjunto adverbial,
ele não tinha dúvidas: sempre achava um jeito
assindético de nos torturar com um aposto.
Casou com uma regência.
Foi infeliz.
Era possessivo como um pronome.
E ela era bitransitiva.
Tentou ir para os EUA.
Não deu.
Acharam um artigo indefinido em sua bagagem.
A interjeição de bigode declinava partículas expletivas,
conectivos e agentes da passiva o tempo todo.
Um dia, matei-o com um objeto direto na cabeça."

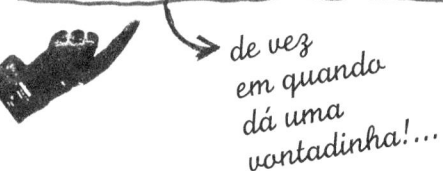

de vez em quando dá uma vontadinha!...

Biloca, bibibi

4 de março

Tomei uma decisão importante: não vou mais assinar meu nome todo em suas páginas. A partir de agora vou escrever apenas "Bi". É mais curto, gostoso e delicado. Assim me disse o Rô. E se o Rô falou, está falado.

Beijão todo melado de açúcar,
Bi

Querida Juliana,

Se você pensa que esqueci de você ou desisti de entender melhor meu sentimento, enganou-se.

Aqui estou de volta, mais interessada do que antes e, certamente, menos do que amanhã. Já pensou num nome para esse quezinho? Paquera? Paixão? Sintonia? Transa? Seja lá o que for, meu interesse pelo Rô aumentou. E quer saber por quê?

Por uma razão muito simples: ele olhou distraidamente para mim, com jeito de quem não quer nada, várias vezes. Não contei quantas, pois se contasse iria errar na conta e aumentar o resultado.

Mas que olha, olha. Também não sei por que ele olha assim. Será que sou uma garota interessante? Para falar a verdade, às vezes eu me olho no espelho, e sinto que ainda me faltam certas coisas de moça. O que será que ele viu em mim?

Eu nunca pensei que isso fosse assim tão difícil. Poderia ser mais fácil, assim como tomar sorvete ou copiar exercícios da lousa.

Você faz e pronto. Um dia desses ele me procurou e pediu algumas explicações da aula da Glória, porque tinha faltado. Disse que me achava uma aluna entendida naquelas coisas de ler e escrever e que eu era muito inteligente. O que você acha, Juliana, que significa o fato de um garoto te chamar de inteligente? Tem gato nessa moita? E as outras meninas que continuam no pé dele? Não largam nunca. Às vezes, para cruzar meus olhos com o rosto dele eu preciso fazer cada ginástica! O que você acha? Fico na espera ou afio as unhas (com esmalte ou sem esmalte?) e vou à luta? Não sei se os meninos preferem as meninas mais assanhadas ou as mais tímidas. Será que um dia saberei? E aí, não será tarde?

Fabiana, 4/03

6 de março

Adoro meu pai. Ele comprou um tênis novo, lindo. Não sou consumista, como minha mãe diz de vez em quando, mas também não sou de ferro nem franciscana e adoro ganhar presentes inesperados, principalmente roupas novas.

Meu irmão Paulinho é um chatão danado e mimado. Ele entrou no meu quarto e mexeu nas minhas coisas e tirou tudo do lugar. Teve a coragem de abrir o guarda-roupa e bisbilhotar nas gavetas. E o Cafuné estava no chão. Imagine a raiva que eu fiquei ao ver meu ursinho de pelúcia branca no chão, triste e com frio. E o pior de tudo é que eu reclamei com minha mãe e sabe o que ela disse? Disse que são coisas de criança, coisas da idade! Que raiva, que raiva, que raiva!! Coisas da idade! Quando é comigo a bronca vem sem dó: "Você já não é mais criança, é quase uma moça!". Será que na minha idade não tem "coisas da idade"?

Amanhã a Isa vem comigo para casa depois da aula. Disse que tem um segredão para me contar. O que será? Eu acho que já sei...

Beijos,

Bi

7 de março

A Isa veio, almoçou em casa e depois do almoço me contou o segredo... Me fez jurar que ficaria só entre nós duas, que não era para contar nem para as outras meninas da turma, que todas têm língua comprida e não sabem guardar segredo. Depois que ela contou, ela escreveu o segredo num pedaço de papel, dobrou e me fez jurar que eu nunca abriria o papel dobrado e colado. Prometi. E prometi também, como estou fazendo, que colaria o segredo dobrado numa página do diário que a Dri tinha me dado. Por isso, esse segredo pertence a nós três: Isa, você e eu. Certo?

A primeira promessa está cumprida aí em cima. A outra eu vou contar agora. Prepare-se, pois vou contar tudo de uma vez, depois eu explico os detalhes, como ela fez, da mesma forma que ela me contou, num fôlego só. O negócio é esse: a Isa beijou o Beto na boca, de língua e tudo. Você ficou surpreso? Eu não. Um dia isso ia acontecer, da mesma forma que vai acontecer comigo um dia. Não é? Então... ela me contou que foi numa festa de aniversário de uma amiga e o Beto também foi. Depois do bolo, eles começaram a dançar. Num certo momento, pintou uma música lenta e o Beto grudou a Isa pela cintura que ela quase se afogou. Depois colaram o rosto e começaram a se apertar mais e mais e fungar um no pescoço do outro. Bem, ela disse que deu uma baita vontade de tudo, mas só conseguiu beijar e então quando percebeu eles estavam se beijando na boca, de língua e tudo. Eu perguntei pra ela se não dava nojo e ela disse que até pensava que sim, mas na hora do beijo sumiu tudo e ela não sentiu mais nada, só o gostoso do beijo e outros gostosos que ela não explicou direito. Eu perguntei quantos beijos ela beijou na boca e ela me respondeu toda enfeitada que só uma vez, mas que valeu por muitos. Depois nós ficamos conversando abobrinhas e imaginando uma pesquisa em que as pessoas teriam que responder perguntas do tipo "o que você acha mais gostoso: dar um beijo de dez minutos ou dez beijos de um minuto?". Pura besteira, não?

    Foi uma tarde ótima. Não é só na escola que se aprendem as coisas, não é?

Bi

(Beijo da Isa)

8 de março

A Isa passou esse papel com a pergunta e alguns colegas foram respondendo com sinais. Veja o resultado.

9 de março

Amanhã é aniversário do Ricardo. Vou com a mãe da Isa. Roupa nova? Nem pensar! Você se lembra (claro que lembra, faz tão pouco tempo!) do tênis novo que eu pedi para meu pai? Vou ter que me virar com a roupa que tenho. Dei uma batida no meu guarda-roupa e não encontrei nada decente. Na pior das hipóteses a Isa me empresta aquele camisetão verde que eu ponho por cima do jeans e do tênis novo. Assim dá. Se não der vou assim mesmo. Estou sabendo que além dos meus amigos da escola vai aparecer por lá um grupo de amigos do Ricardo, de onde ele morou, sei lá, e outras pessoas amigas do Rô. É tão gostoso conhecer gente nova!

Bi

11 de março

O aniversário do Ricardo foi uma droga. Um dia te conto, mas nem sei se vale a pena.

Beijos pouco alegres,
mas não tão tristes,
Bi

Querida Juliana,

    Desculpe-me esse longo atraso, mas nesse tempo não fiquei um só minuto sem pensar nele. Que engraçado isso, não!? As outras coisas parecem ter tão pouco interesse na vida. Nem mesmo a comida parece tão saborosa. Bem... demorei um pouco mas valeu a espera. Tenho uma coisa deliciosa para te contar. Encontrei com o Rodrigo numa festa. Não foi por acaso não. Eu sabia que ele estaria lá. Tinha mais gente, mas para mim era como se só ele estivesse na festa. A não ser quando alguma menina grudava no pé dele e não largava. Ele não parava um minuto de dançar. Até que... chegou a minha vez e pela primeira vez dançamos. Sabe o que eu senti? Cada vez que o corpo dele encostava em mim aquele friozinho meio quente fazia uma revolução no meu corpo, do dedão do pé ao fio de cabelo. Dá para imaginar? E como conversamos! Sobre tudo. Mas ele falava muito de mim. Eu, como sou uma boa ouvinte, interessada na conversa, ouvia, ouvia e... gostava. Numa certa altura da conversa ele me saiu com essa: "Ah! Fabiana, pena que você ainda é uma criança!". Fiquei bravíssima com ele. E não era para menos. Tenho quase treze anos de idade e isso já é idade de moça... ou quase. O que ele está pensando? E só de raiva sapequei uma mentira dizendo que eu até já tinha namorado. Consegui mexer com ele. Ele olhou para mim e fez "Éééé?". Gostei. Mas por dentro o que eu queria mesmo era lhe dizer a verdade, aliás as duas verdades: a primeira, que eu nunca tive namorado, e a segunda, que adoraria que ele fosse meu primeiro namorado. Mas faltou coragem. E se eu tivesse dito? O que ele pensaria? Será que não me confundiria com esse punhado de menininhas que na falta do que fazer ficam se oferecendo para os meninos? Vou dar um tempo ao tempo.

Fabiana, 12/03

15 de março

A bundinha do Chocolate foi eleita pelas meninas da minha classe como a mais bonita da classe. Ele não sabe, mas vai ficar sabendo logo. Nós estamos pensando e imaginando um jeito bem legal de avisá-lo. Uma carta anônima enviada para sua casa, um aviso espalhafatoso no mural...

Fui de novo ao espelho do guarda-roupa, que é o maior de casa, e me olhei da cintura para cima. Nada ainda. Os peitos estão pequenos e parece que sem ânimo para crescer. Enquanto isso, os pelinhos das axilas (nome bonito para um lugar pouco cheiroso) e da pixuxa (na casa da Marília eles chamam a pixuxa de xoxota, na casa da Silvana eles chamam a pixuxa de piriquita. Gozado, né, um punhado de nome para a mesma coisa. A "coisa" dos meninos também tem muitos nomes: pinto, peru, pinguelo e outros mais esquisitos...). Chiii, perdi o fio da meada. Eu estava falando que os pelinhos da pixuxa e das axilas já estão aparecendo. Se eu pudesse escolher entre uma coisa e outra, claro que eu escolheria primeiro os seios. Não é por causa do sutiã, não. É porque eu acho mais bonito mesmo. Pelos... não sei, não, eu não vou muito com a cara deles. Outro dia, depois da aula de Educação Física, a Roberta tirou a blusa na minha frente e estava sem sutiã. Eu vi os seios dela. São tão bonitos, roliços e cheinhos. Nem parecem de uma menina de doze anos. Minha mãe disse para eu não ficar muito aflita, que mais cedo ou mais tarde eles aparecem e aí... Procuro seguir o conselho dela, mas às vezes não dá. Enquanto isso...

Beijos esperadores,
Bi

16 de março

Sonhei com a bundinha do Chocô. Um barato o sonho. Era hora do almoço e minha mãe serviu a bundinha dele no almoço, numa bandeja redonda, com aquela tampa redonda (daquele tipo que sempre aparece nos desenhos animados de TV). Eu comi só um pouquinho, só um pedaço... e adorei (no sonho, claro). Acho que foi indigestão da janta. Eu comi dobradinha com molho até lamber os dedos. Uma delícia.

Recebi o caderno da Lu para responder. Vou responder, lógico. Mas o que eu quero mesmo é ler as respostas das outras pessoas. Deve ter cada resposta!

Beijos,
Bi

22 de março

Hoje, quando abri meu livro de Matemática, bem na página dos exercícios que o professor nos mandou fazer, encontrei um bilhete dobrado e preso num clipe. Por pura curiosidade, abri o pedaço de folha de caderno e meio avoada, com mil números na cabeça, li o seguinte bilhete:

FABiana, Não entre **na** do **RODriGO**. Eu **O** **Conheço** bem e **poSSO** **GaranTir** para **Você** QUE não VALE a P'Ena. Ele já **APRONTOU** **cOm** muitas **Meninas**. UM **AmIgo**

    Levei um susto. Ninguém sabe do meu interesse pelo Rô (acho que nem ele sabe). Como é que alguém descobriu isso? Será que foi na festa de aniversário do Ricardo? Mas um punhado de meninas dançou música lenta, agarrada com ele. Por falar nessa festa, eu fiquei danada da vida com uma tal de Vivinha, prima da Marília. Não nega o parentesco, duas galinhas, mesmo. Depois que o Rô dançou com essa tal Vivinha, ela não desgrudou mais do pé dele. Por isso eu não gostei da festa e até fui embora mais cedo. Se você não se importar, não quero mais falar na festa do Ricardo. Tenho meus motivos. Voltando ao assunto do Rô, juro que não dei mancada, pois eu sei guardar bem os segredos. Se nem a Isa sabe dessa minha gama pelo Rô, como é que alguém pode descobrir? E você viu o bilhete? Que trabalho! Recortar palavra por palavra de revistas e jornais e colar tudo pacientemente. Tudo por uma amiga! Vá ser amigo assim lá longe. Bem... me perdi um pouco nessas pensações e quando voltei à realidade o Kioji já tinha passado tarefa para a aula, todo mundo estava com a cabeça fervendo, saindo fumacinha, tentando resolver meia tonelada de exercícios e ele ao meu lado, me olhando com uma tremenda cara de boa-praça e gozador, perguntando: "Levantando voo, Fabiana?". Que susto. Fiquei muito sem graça, logo na aula dele! Eu não sou muito boa em Matemática e me esforço muito para dar conta do recado e até que dou e nunca deixei de fazer as tarefas. Mas o bilhete... não tenho a menor ideia de quem mandou. Depois da aula eu sondei um punhado de pessoas e ninguém sabia de nada. Não falei, claro, do que estava escrito. Por enquanto, é segredo só meu, ou melhor, nosso.

Beijos adoçados com adoçante,
Bi

P.S. Desculpe-me pelos riscos que fiz no dia 11. Prometo que não faço mais isso nem terei acessos de loucura.
Amanhã quero dormir até tarde. Espero que minha mãe não me acorde cedo para ajudá-la na limpeza da casa. Odeio limpeza e odeio sujeira.

31 de março

(Data da revolução. Que revolução?
A revolução de 31 de março.)

Saímos mais cedo da escola hoje pois faltaram dois professores. O pessoal, de gozação, disse que foi por causa da revolução. Um professor falou sobre a tal revolução. Mudaram o governo, perseguiram e mataram pessoas, cassaram comunistas. Penso cá comigo: se tudo isso foi pra melhorar o país, acho que fracassaram redondamente. A aula até parecia comemoração cívica, só que pelo avesso. Só faltou o Hino Nacional. A turma só fica quieta quando estão cantando o Hino

Nacional, mesmo assim ninguém entende ninguém. Acho que ninguém sabe o hino. Então o professor põe o disco e nós ficamos ouvindo o hino, cantando um ou outro pedacinho. No ano passado, numa comemoração cívica, trocaram as capas dos discos e na hora do Hino Nacional, o que ouvimos foi o começo de uma música de festa junina, daquelas que a garotada dança quadrilha. Dá pra acreditar? Coitado do Hino... eu até gosto do "virandu". Recortei o trechinho que eu mais gosto e trouxe para você.

II

Deitado eternamente em berço esplêndido,
Ao som do mar e à luz do céu profundo,
Fulguras, ó Brasil, florão da América,
Iluminado ao sol do Novo Mundo!

Do que a terra mais garrida
Teus risonhos, lindos campos têm mais flores;
"Nossos bosques têm mais vida",
"Nossa vida" no teu seio "mais amores".

1º de abril (primeiro de abril)

Dia da mentira ou mês da mentira?
   A passagem de ônibus subiu outra vez. Mentira?
   Tem certas verdades que parecem mesmo mentiras.
   Pobres dos pobres!

Bi

2 de abril

A Lu brigou comigo pois só ontem eu devolvi o caderno de respostas dela. Inventei mil desculpas e ela não aceitou nenhuma. Eu respondi tudo e tirei xerox das respostas de um punhadão de gente.

Você se importa se eu deixar aqui as respostas do Rô, da Isa, do Ricardo e da Dri?

1. Como é seu nome? E idade?
   Ricardo de Souza Junior, 13 anos.

2. Você jura responder tudo com a mais completa verdade?
   Juro que responderei com a verdade mais verdadeira do mundo.

3. Você tem namorado(a)?
   Tenho duas.

4. Você gosta dele(a)? Qual o nome dele(a)?
   Não posso dizer o nome por nada desse mundo porque prometi segredo.

5. Você já beijou na boca? De quem?
   Muitas vezes. Mil garotas.

6. Qual foi a sensação?
   Cada beijo tem uma sensação diferente. Sensação de gostoso, de bom, de melhor.

7. Você já transou? Com quem?
   Já. Não posso falar senão ela me quebra a cara.

8. O que você sentiu?
   Imagine você.

9. Qual foi a maior emoção da sua vida?
   O primeiro beijo na boca.

10. O que você pensa do futuro?
    Nada. Vou pensando no dia de hoje e só no dia de amanhã.

11. O que você acha de ser jovem?
    Não acho nada.

12. O que você pensa de mim?
    Você é superlegal.

13. Deixe uma pergunta para mim.
    Você gosta de alguém?

---

1. Como é seu nome? E idade?
    Rodrigo Uler Lemos. 13 anos.

2. Você jura responder tudo com a mais completa verdade?
    Juro, juro, por tudo no mundo, que serei verdadeiro.

3. Você tem namorado(a)?
    Não. No momento não quero saber disso pois preciso estudar.

4. Você gosta dele(a)? Qual o nome dele(a)?
    Sem nomes. Gostei de todas as namoradas que tive.

5. Você já beijou na boca? De quem?
    Chiii, até perdi a conta. E tantas vezes com tantas meninas que esqueci os nomes.

6. Qual foi a sensação?
   Nenhuma. Tudo umas menininhas mixurucas.

7. Você já transou? Com quem?
   Já. Com uma menina da minha rua. Não lembro o nome dela.

8. O que sentiu?
   Um prazer do tamanho de um T grande.

9. Qual foi a maior emoção da sua vida?
   Tive várias. Acho que a maior será quando eu encontrar minha verdadeira paixão.

10. O que você pensa do futuro?
    Como diz minha avó Reinalda, o futuro a Deus pertence.

11. O que você acha de ser jovem?
    8ª maravilha do mundo.

12. O que você pensa de mim?
    Nunca pensei nisso mas te acho muito e muito legal.

13. Deixe uma pergunta para mim.
    Para quê?

P.S. Acabei deixando apenas as respostas do Ricardo e do Rô. Das meninas nós já sabemos tudo, tim-tim por tim-tim, todos os segredos. Mas, cá entre nós, esses dois são uns grandes contadores de blá-blá-blá, você não acha?

Bi

6 de abril

Você deve estar estranhando não ter nenhuma história do dia primeiro de abril, dia da mentira.

Foi de propósito. Acho um saco esse negócio de ter um dia especial só para a mentira. Além de ser uma grande mentira, a maior de todas. Aqui nesse nosso país, onde eu moro, tem mentiras todo dia, toda hora, em todo lugar, aos montes. Outro dia, na aula da Glorinha (eu já falei dela, da Glorinha, não é?, a professora de Português, ótima, adoro ela), nós lemos um texto que foi tirado de um livro chamado *Que país é esse?*, de um poeta chamado Affonso Romano de Sant'Anna. Deu um debate superquente na classe, sobre esse negócio da mentira. Engraçado (ou triste, sei lá) é que tem gente pra tudo. Tem gente acreditando em tudo. E tem mentira pra todo mundo, de todo jeito. O que eu mais gostei foi do fato de a classe lotada ter conseguido se organizar e fazer um debate legal sobre a mentira. No final fizemos uma avaliação ótima e ainda por cima pregaram uma mentira primeiro de abril na professora. Foi uma aula completa, total. Recortei um trecho do texto e trouxe para você.

Beijos de mentirinha,
Bi

"Mentiram-me ontem e hoje mentem novamente. Mentem de corpo e alma, completamente. E mentem de maneira tão pungente que acho que mentem sinceramente. Mentem, sobretudo, impunemente. (...) E de tanto mentir tão bravamente, constroem um país de mentira – diariamente."

(Affonso Romano de Sant'Anna)

Que tal?

11 de abril

Ontem à noite assisti ao filme *O feitiço de Áquila* e lá pelas tantas uma das personagens do filme disse: "Todos os melhores momentos da minha vida vieram da mentira". Me fez lembrar do debate sobre a mentira na escola. Me fez lembrar também o banheiro das meninas na escola na hora do recreio. A maioria das meninas fuma e fuma escondido, escondido do pai, da mãe, do Afonso, da Virgínia. A Marília fuma e me disse que sua mãe sabe e não fala nada porque ela também fuma. Tem outras meninas que fumam escondido e nunca mais chegaram perto do pai de medo do pai sentir o cheiro forte do cigarro. Interessante que outro dia o professor Isac estava falando sobre o problema de drogas e acabou tocando no assunto do cigarro. Conversa vai, conversa vem, ele pediu que levantasse a mão quem da classe já tinha fumado com um pouco de frequência durante um certo período de tempo. Pois não é que a maioria foi de meninas? Os meninos, só dois levantaram a mão. Não sei se o professor reparou nisso, mas eu reparei. Será que para ser mulher é preciso fumar? Eu não fumo (tenho outros defeitos, é claro, ninguém é perfeito), não suporto o cheiro do cigarro. Em casa mesmo eu vivo brigando com a minha mãe. Ela é fanática por cigarros, desde quando era moça. Ela vive contando pra todo mundo a história do "taier" (não sei se é assim que se escreve) novo de bolso queimado. Foi assim: ela estava usando um "taier" novinho em folha, numa festa, quando meu avô chegou para levá-la embora. Ela estava com o cigarro na mão, fumando na cozinha, quando o avô entrou na casa da festa. O susto e o medo foram tão grandes que ela meteu o cigarro no bolso do "taier", apagando-o com o próprio tecido da roupa. Resultado: escapou da surra do pai (pai naquela época não conversava com filho não, ia logo metendo a mão na cara, mesmo na frente de todo mundo), mas não escapou da roupa nova com furo de queimado. Depois, explicar para minha vó a origem do furo foi mais fácil. Mãe é mãe e vó é vó.

Ontem no cantinho da lousa da classe, depois do recreio, estava escrito A FABIANA ESTÁ APAIXONADA PELO R... Quando eu percebi, fui correndo apagar, mas um punhado de gente tinha lido e aí veio a gozação em cima de mim. O pior (ou melhor) é que a gozação foi em cima da pessoa errada, pois todo mundo pensou logo no Ricardo, porque a gente sempre conversa e se gosta bastante.

Recebi uma carta do Alex, aquele garoto da cidade da minha vó, que eu conheci nas férias. Eu mostro depois.

Beijos sem gosto de fumaça,
Bi

Querida Juliana,

AH! Juliana, cada uma que acontece com a gente! OH! desculpe-me. Na pressa de te contar os acontecimentos, até me esqueci de cumprimentá-la. Fiz mal? Não, né? Tenho você sempre comigo, do lado esquerdo do coração (o lado direito você sabe quem ocupa, não é!?). Se você soubesse... fizeram uma gozação comigo. Dessas que a turma da classe apronta. Insinuaram que eu estava apaixonada pelo "R", R de Ricardo (ou de Rodrigo) e caíram de gozação em cima de mim. O Rodrigo ficou olhando de longe. Depois que a gozação acabou, ele veio querendo continuar a chateação e eu cortei no ato. "Não é R de Ricardo!"

Só faltou dizer a ele que era R de Rodrigo.

Mas assim seria demais, você não acha? Falar para o meu príncipe encantado que ele é o próprio príncipe é demais!! Bem... mas conversamos mais uns bocados. Ele, como sempre, falou do seu assunto preferido: eu. Eu, como de costume, ouvi atentamente. Engraçado que dessa vez ele não disse "pena que você ainda é uma criança". Sabe o que ele disse? Apronte seu coração e ouça: "Você está ficando uma moça bonita, Fabiana". E então, Juliana? Só falta um empurrãozinho para ele deixar de ser um sonho e se tornar um amor real. Quem vai dar esse empurrão? Eu? Você acha que eu devo abrir a brecha? Mas assim fica muito fácil para ele. A parte mais difícil fica para mim. Você realmente acha que eu devo falar? Dizer que gosto dele e que quero namorar com ele... Está bem... só peço um tempo. De verdade: vou falar com ele dentro de no máximo quinze dias. Pode escrever: quinze dias, no máximo. Quem viver verá.

Fabiana, 12/04

15 de abril

Esta foto eu ganhei da minha mãe, depois de muita encheção e mil promessas de guardá-la e cuidar dela com carinho, pois é uma recordação sua e foi tirada no início da década de 1960. Sabe por que o meu interesse nessa foto? O "taier" com o bolso furado da minha mãe...

essa é Bete → essa é Marli → o bolso com furo do cigarro é esse aqui meio escondido

Minha mãe tinha dezessete anos nessa época. Eu acho que ela está mais bonita hoje do que na foto. O jeito do penteado do cabelo é tão esquisito. Às vezes nós pegamos os dois álbuns de fotografias antigas que minha mãe tem guardado e ficamos olhando as pessoas de antes de nós. As roupas, os penteados e até o jeitão de tirar fotografia são muito diferentes. Mas o que eu gosto mesmo é quando minha mãe, dona Regina, senta comigo na beira da cama e fica comentando as coisas, as pessoas, as histórias das fotografias. Não sei por quê, não sei mesmo, mas eu adoro ver fotos antigas e ouvir a conversa macia da minha mãe lembrando do passado. Ela conta com gosto, com brilho diferente nos olhos. Deve ser saudade ou lembranças de um tempo muito gostoso. Até eu, que não vivi as histórias, só de ouvir eu gosto, imagine então quem viveu. No dia em que ela me "emprestou" essa foto do casaco do bolso furado, ela contou uma história super-romântica. Eu poderia jurar que era cópia do Romeu e Julieta. Contou que uma moça de Nova Esperança (não era amiga dela, mas minha mãe até conhecia a moça e tinha fotografia dela no álbum, numa festa de escola) de uma família rica e importante se apaixonou por um soldado raso que apareceu para trabalhar na cidade. O soldado também se apaixonou por ela. A família da moça proibiu o namoro dos dois e sem muita conversa não deixou mais a moça sair de casa. Os dois continuaram trocando correspondência através de uma das empregadas da casa dela. Durante dois meses a coisa foi assim até que numa noite de lua cheia, bonita, cheinha de luar de prata (isso é por minha conta), no meio da madrugadinha, a casa da moça e a cidade foram acordadas por dois disparos certeiros de revólver calibre 38. Um no ouvido direito dela e outro no ouvido esquerdo dele. O duplo suicídio abalou a cidade inteira, que até hoje se entristece ao lembrar do caso. História trágica, não? Mas bonita... um grande amor assim até eu gostaria de viver... sem morrer, claro. Bem... tem também histórias engraçadas nas fotografias da d. Regina. Histórias tristes, estranhas... qualquer dia conto outras.

Beijos românticos,
Bi

20 de abril

A vida anda mixuruca demais. Nada de interessante tem acontecido.

Prometi num dia desses que falaria de mim.

Aí vai minha ficha, com foto e tudo.

essa sou eu numa foto três por quatro

nome: Fabiana Costa Garcia
apelido: Biloca
idade: quase 13 anos
nascimento: 29 de julho
local de nascimento: maternidade de Nova Esperança
primeiro berço: cama da minha vó
cor dos olhos: muda conforme o sentimento: verde de esperança, vermelho de raiva, azul de felicidade, amarelo de tristeza
altura: 1 metro e cinquenta centímetros
peso: 45 quilos de muita fome e vontade de comer gostoso
pais: dona Regina e seu Alceu
coisa de que menos gosto: quando alguém mexe nas minhas coisas sem minha ordem
coisa de que mais gosto: comer (hummm... chocolate...)
coisas de que não gosto: gente chata, gente mentirosa, gente feia, gente metida, gente dedo-duro, gente gulosa, gente egoísta, gente azarada e gente abelhuda
coisas de que mais gosto: comer, paquerar, dormir, nadar, comer, ler, receber cartas e bilhetes, passear, carinho do meu pai
um sonho: não virar adulta
uma raiva: gente grande mandando e desmandando em mim
um amor: duas letras: Rô
um segredo: o amor de duas letras
um medo: de gente desconhecida, de ficar sozinha

Bote tudo isso num liquidificador, ou melhor, num computador e você terá uma garota simpática, quase bonita, que gosta de comer e conversar com as amigas, que adora os pais, que tem dúvidas, medos e segredos como todo mundo e que te manda um enorme beijão,

Bi

21 de abril

Pílula para pensar: o que vale mais, um herói morto ou um covarde vivo? Pobre Tiradentes! Será que valeu a pena? Uma lista de aumentos todo dia. Veja por quem você lutou, José Joaquim. Valeu a pena?

23 de abril

Hoje estou econômica. Aliás, o que mais escuto na minha casa é isso: apague a luz, não deixe luz acesa sem necessidade, olhe a água do banho, não estrague a roupa, não gaste folhas de caderno sem precisão...

Como hoje eu estou atacada pelo espírito da economia, vou fazer minhas anotações economicamente:

Dona Regina deu a maior dura no Paulinho por causa de um palavrão (ele me xingou de filha da puta!). Eu não tenho nada contra, quer falar, fale. É uma palavra como as outras. Se você pensar bem, a palavra *corrupto* é mais pesada do que qualquer outro palavrão.

Tirei nove na prova de Matemática. A Dri tirou 10, me deu uma gozadinha de leve e disse que não estudou nadinha. Dá pra aguentar?

O Ricardo disse que quer conversar comigo um assunto particular. Só pode ser sobre o recado que estava escrito na lousa. Já tinha até esquecido...

Não vi o Rô hoje. Ele faltou e a Marília também. Será que... Não quero nem pensar.

Beijos encucados,
Bi

Querida Juliana,

Não cumpri a promessa. Mas, por favor, não faça nenhum julgamento apressado. Não me faltou coragem para me declarar, não. Não tive foi oportunidade. Além do mais (e esse mais pesou muito), logo que eu decidi me abrir, ele começou um casinho com a Silvana da outra classe. Fiquei sabendo por uma outra amiga que eles têm se encontrado no intervalo (por isso que o Rô sumiu do intervalo, não o vejo nem o encontro de jeito nenhum) e até têm saído juntos no final de semana. Outro dia, dia de prova na minha classe, ele faltou. Fiquei sabendo que ela faltou também no mesmo dia. Coincidência? Não. Tive coragem e perguntei para ele. Esperava por uma resposta tipo "ué, o que você tem com isso?" ou "mais uma pra tomar conta da minha vida", mas ele apenas respondeu que tinha tido um problema em casa e precisara faltar. Acreditei. Aliás, acreditar ou não, não resolveria nada. Por isso preferi acreditar. Mentiu (ou não falou toda a verdade) com relação à Silvana. E ainda me deu uma esnobada: "é só mais uma gatinha que se amarrou em mim". Bem feito para nós, mulheres! Acho que ele merecia um tapa na cara por essa. Mas preferi me calar e guardar a raiva só para mim. Depois dessa, desisti de falar com ele sobre nós. Acho que ele não merece. Se quiser, ele que fale. E eu vou pensar na resposta. Posso muito bem controlar meus sentimentos. E ele que pare de olhar para mim o tempo todo.

Fabiana, 27/04

30 de abril

Amanhã é feriado e vamos à lanchonete tomar lanche à tarde. Naquela mesma lanchonete que tem uma parede branca inteirinha branca para que os frequentadores possam pichar à vontade. Toda semana eles passam tinta branca na parede e quem quer e gosta pega o esprei e manda ver. (No tubo de tinta está escrito "spray". Eu prefiro escrever no português brasileiro, mesmo.) Tem uns caras que devem ser fregueses diários da lanchonete pois tem sempre uma pichadinha deles na parede. E até o JUNECA e PESSOINHA já passaram por lá e deixaram seu famoso grito de guerra: JUNECA E PESSOINHA 80 e 8.

    Perguntei para meu pai o que é preservativo. Ele me explicou e depois me disse que era a terceira vez que eu perguntava. Não me lembro de ter perguntado mais de uma vez. Enfim... ele não sabe, mas adoro ouvir esse tipo de explicação dada pelo meu pai. Gosto de ver o seu jeito meio sem graça de falar essas coisas comigo.

3 de maio

Nós fomos na lanchonete. Lanche, o meu preferido é aquele que parece sujeito composto, quer dizer, tem mais de um núcleo e pode ter vários adjuntos. Comi um sanduíche delicioso com carne de hambúrguer, pedaços de omelete, queijo prato, alface, pedaços de bacon, maionese e temperos da casa. Pra engolir tudo isso tive que beber dois refrigerantes. Nesse caso não foi por gula, não, foi por pura necessidade. Fora o lanche, rimos bastante, muita conversa jogada fora. O Ricardo tornou a me dizer que quer conversar comigo um assunto particular. Respondi outra vez que amigos não têm assunto particular e que ele podia conversar comigo a qualquer hora, sem essa de marcar dia, mês, hora e lugar. Não sei por quê, mas parece que ele não gostou muito da minha resposta. Inda tiro isso a limpo. Trouxe um guardanapo da lanchonete, assinado por todos os meus amigos que estavam lá. Guardarei aqui.

Biloca boboca
nariz de pipoca
Rô

Bi ADORO VOCÊ DRI

André

Zé

eu também, Isa

Biloca, aconteça o que acontecer você vai morar sempre no meu coração! Ricardo

Adoro a letra B com ela posso escrever Bilola do meu coração
Ju, Fábia e Marília

(refrigerante) da Ju

R (batom da Marília)

Kikão de Moema
1/5/88

Antes de terminar, me lembrei de uma frase pichada na parede da lanchonete. "Paula Julieta, jogue-me suas tranças, Zé Romeu." Estou torcendo para o amor do Zé e da Paula dar certo. Tem coisa mais bonita do que o amor? Mais bonita e mais triste também. Outro dia li uma pichação (sou meio ligada nessa de pichação, estou selecionando um punhado delas para te mostrar)... Vou começar outra vez a frase: Outro dia li uma pichação que dizia: Existe dor maior que a dor do amor? Eu acho que não.

Beijos gulosos melados de comida e esprei,
Bi

Querida Juliana,

Como vai? Tudo bem?

Às vezes tenho a impressão de que as pessoas que inventam os provérbios e os ditos populares são de uma inteligência superior. "Nada como um dia após o outro." Mais dia, menos dia, o Rô chegou de mansinho, nem parecendo aquele cara metido, e depois de meia dúzia de conversa fiada e prosa mole, ele pegou na minha mão, olhou nos meus olhos e disse que gostaria de namorar comigo. Fiquei morrendo de vontade de pular no pescoço dele, beijá-lo gostosamente e responder sim, sim, sim, sim. A mão dele segurando a minha, um gostoso muito grande e um sentimento forte não querendo me deixar pensar. Não faça juízo apressado, Juliana. Sabe o que eu fiz e falei? Retirei minha mão da mão dele, passei delicadamente a mão no rosto dele e respondi "eu ainda sou criança, Rô". Gostou dessa? Quer saber a cara dele? Na verdade, fiquei tão surpresa com a minha coragem que nem reparei direito na cara dele. Mas deve ter ficado louco da vida, porque saiu bufando e dizendo coisas como "então por que fica olhando o tempo todo para mim?, fica dando bola, não sabe o que quer...". Depois que ele se afastou, caí em mim. Será que era isso mesmo que eu queria? Será que agi certo, dando uma de durona, fazendo corpo duro? O que você acha? Estou com essa dúvida cruel. Eu tinha o amor do Rô nas minhas mãos e joguei para o alto. Acho que fiz uma enorme tolice, dei uma baita mancada. Não sei o que vai acontecer... Bem, o futuro a Deus pertence...

Fabiana, 4/05

5 de maio

Li um livro superinteressante sobre orientação sexual. Demorei um pouco mais no capítulo sobre masturbação. Abro um parêntese aqui e confesso para você, só para você: eu já me masturbei. É uma coisa normal na minha idade, não é? Se é normal, então por que as pessoas não conversam sobre isso na sala de visitas? Ah, porque isso é assunto de meninas no banheiro da escola ou no quarto delas falando baixinho, sem adultos por perto!!

Beijos,
Bi

este dragão é a ® do meu amigo Kikão

7 de maio

Tinha esquecido. Levei bronca pelo lanche e pelas duas garrafas de refrigerante. Meu pai vive dizendo que isso é uma bela duma porcaria, tudo comida cheia de química. Concordo com ele, mas não dá pra ir na lanchonete e pedir um suco de laranjas frescas e um omelete com ovos caipiras. Dá? Estou com uns quilinhos a mais. Bem que eles poderiam estar em outro lugar (nos peitos, por exemplo).

Beijos,
Bi

8 de maio

(Mês das noivas e das mães.)

Esse mês, além das noivas, tem o dia das mães. Haja coração. Pois é, outro dia peguei no maior flagra meu pai e minha mãe discutindo por causa dessa história do dia das mães. Meu pai dizia, resmungão e nervoso, que isso era tudo manobra dos comerciantes e que, se fosse pra comprar alguma coisa, que fosse coisa que a gente estivesse precisando em casa. Minha mãe concordava com ele, mas dizia que, se fosse pra comprar presente no dia das mães, ela queria presente para ela porque coisa pra casa não é presente. No final das contas ficou acertado que não haveria presente nenhum. Mas no outro final das contas meu pai amoleceu o coração e o bolso e comprou uma bonita blusa para ela. Presente do dia das mães. Problema resolvido, deles e meu. Se alguém me fizer aquela pergunta superimbecil "o que você deu pra sua mãe?", eu já tenho a resposta. Ufa, salva pelo gongo. E pela bronca da mãe.

Beijos,
Bi

10 de maio

Resolvi fazer uma arrumação no meu quarto. Uma delícia! Tanta porcariada que eu encontrei que me diverti pra valer. Você nem pode imaginar. Comecei pelas bonecas. Estavam todas desarrumadas e empacotadas num canto do guarda-roupa e numa pequena estante. Pobrezinhas. Como eu pude esquecer das bonecas? Gostava (será que não gosto mais?) tanto delas! Eu me lembro quantas vezes escrevi bilhetinhos para minha avó pedindo bonecas, roupinhas e móveis de casinha. Minha mãe quis dar as bonecas mas eu não deixei, imagine, pobrezinhas, longe de mim. Não sei por que não quis dá-las se eu já não brinco mais com elas. Juro que não sei. Cuidei delas com carinho, limpei e coloquei em lugares mais importantes no meu quarto. Depois das bonecas foi a vez dos cadernos usados, dos livros, da cadernetinha. As únicas coisas que eu não guardo são minhas roupas usadas. As que conseguem sobreviver inteiras quando ficam pequenas vão para minha prima menor. Um horror, parecem roupas de sobreviventes de guerra. Horror mesmo é ter que usar roupas usadas dos outros. Também, com o preço das roupas novas! Bem... voltando para a cadernetinha, encontrei lá coisas interessantes (hoje, se pensar bem, parecem até gozadas) de dois anos atrás. Em vez de falar delas eu acho melhor deixar com você esses pequenos tesouros. Pois aí vão eles.

PRIMEIRO TESOURO ENCONTRADO NO
CADERNO DE ANOTAÇÕES
DE UMA GAROTINHA DO SEXTO ANO:
TELEFONES SÓ DE PESSOAS CHATAS

Karina (toda hora na classe fica me cutucando pedindo coisas) 7468887

Marina (fica chupando o nariz feito tique nervoso) 7712254

Márcia (fala mole demais) 4624573

Marília (muito grudenta) 7462951

Sérgio (parece bobo) telefone de recados: 5479221

Roberto (nunca me fez nada mas é um tremendo de um chato) 6463189

    De todos os chatos aí de cima a única que ainda continua amiga é a Marília. Está mais grudenta do que nunca e supernamoradeira. Os outros mudaram de escola ou de classe e eu perdi a amizade, por isso não sei se deixaram de ser chatos.

SEGUNDO TESOURO: UM BILHETE DO SIDINEI

> Fabiana,
>
> O Ricardo gosta de você e está muito apaichonado e quer falar com você.
>
> seu amigo
> Sidinei

O bilhete estava dobradinho no meio da cadernetinha, com erros de ortografia e tudo. Lembro que quase meti a mão na cara do Sidinei. Imagine falar de paixão para uma menina de onze anos que vivia brigando (e adorando brigar) com os meninos da classe!

TERCEIRO TESOURO:
UM CARTÃO DE FELIZ ANIVERSÁRIO

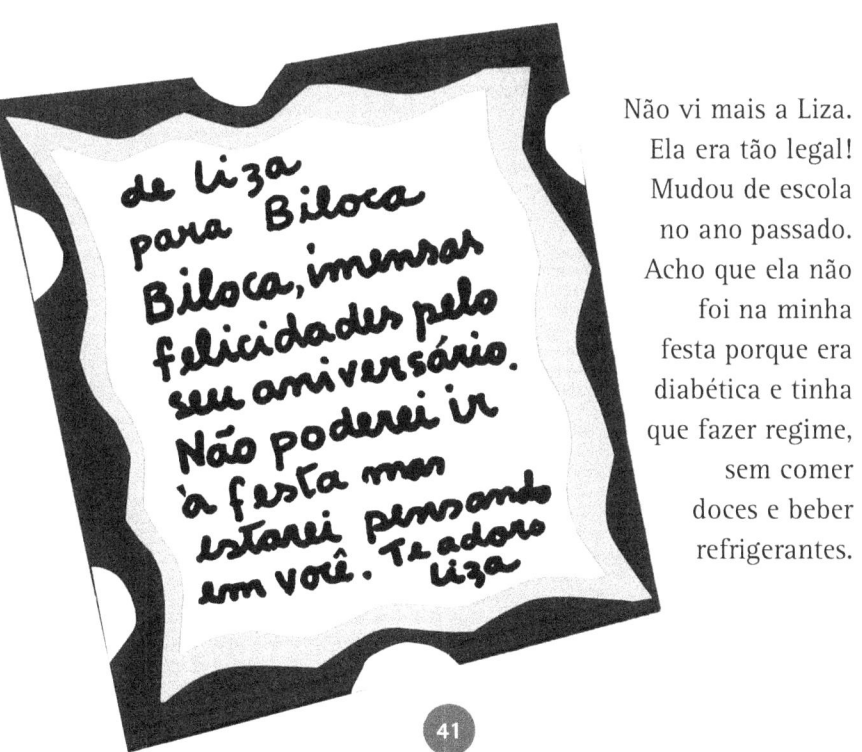

> de Liza para Biloca
>
> Biloca, imensas felicidades pelo seu aniversário. Não poderei ir à festa mas estarei pensando em você. Te adoro
> Liza

Não vi mais a Liza. Ela era tão legal! Mudou de escola no ano passado. Acho que ela não foi na minha festa porque era diabética e tinha que fazer regime, sem comer doces e beber refrigerantes.

Encontrei outros tesouros mas de menos importância. Até uma poesia de perna quebrada, feita pelo meu pai, que não é poeta nem entende coisa alguma de poesia (ele entende mesmo é de cerveja, futebol e conserto de coisas de casa), que não me atrevo a reproduzir inteira, apenas um pedacinho.

É tão bom mexer no passado quando o passado é bom. O duro é pensar no futuro com um presente tão apertado.

> BILOCA
> DONDOCA
> NÃO FAZ FOFOCA
> NEM CONTA
> LOROTA

Beijos passados,
Bi

12 de maio

Pois é, como o mundo é pequeno e cheio de coincidências. No outro dia eu encontrei o bilhete do Sidinei dizendo que o Ricardo estava "apaichonado" por mim. O Ricardo me disse uma porção de vezes que tem um assunto particular para conversar comigo. Bem, eu, muito ingênua, não liguei coisa com coisa. Como é que eu poderia pensar numa coisa dessa se o Ricardo acabou sendo meu melhor amigo? Pois é... mas aconteceu. Hoje de manhã, na saída da escola, como sempre, conversamos um pouco e depois cada um tomou um rumo diferente a caminho de casa. Quando eu tinha andado meio quarteirão, ouvi alguém me chamar "Fabiana". Mesmo não acostumada em ser chamada assim, virei-me e dei de cara com o Ricardo. Vou tentar escrever mais ou menos a nossa conversa, isto é, a conversa dele comigo. Se não conseguir, perdoe-me, pois não tinha gravador ligado naquela hora.

Lá vai:

— Eu queria conversar com você.

— Conversa, ué... nós conversamos até agora.

— É que o que eu queria falar não dá pra falar na frente de todo mundo.
— Ué... por quê?
— Bem... é coisa minha, nossa.
— Que coisa nossa?
— É que... você não deve ter percebido ainda...
— Se você não falar eu não poderei saber se percebi ou não.
— É que eu... eu gosto de você.
— Eu também gosto muito de você, Ricardo. Você e a Isa são meus amigos preferidos.
— Não é assim, Fabiana.
— O que não é assim?
— O jeito que eu gosto de você.
— Que jeito que é então?
— Um outro jeito. Como um cara gosta de uma garota. De homem para mulher.

(Até agora não palpitei sobre a conversa, mas não resisti. Não foi uma conversa tão fácil assim. Desde o começo eu percebi que tinha algo diferente e pra falar a verdade seria preciso escrever essa conversa com uma quantidade enorme de reticências e pontos de exclamação. Fora isso, como nos textos que a gente lê nos livros de Português, fiquei devendo um punhado de adjetivos tipo: surpresa, admirada, nervosa, desconfiada, fingida, atrapalhada, emocionada... Mas chega de conversa escrita e vamos para o fim da conversa falada.)

— Explica melhor, Ricardo.
— Eu acho que estou apaixonado por você. É isso!
— Você acha?
— Eu não acho... tenho certeza.
— Mas... e a nossa amizade?
— Não sei. Eu gostaria muito de namorar você.

(E agora, no meu lugar, como você responderia? O seu grande amigo, de quem você gosta muito como amigo, dá uma fechada dessas. Você não quer o namorado e quer o amigo; o amigo quer a namorada que não quer perder o amigo. A única resposta que tive – e que valeu – foi esta:)

– Meu pai não deixa, Ricardo. Não dá nem pra começar a falar com ele sobre namoro. A opinião dele é uma só. Antes dos quinze anos nem pensar...

FIM DO ROMANCE QUE NEM COMEÇOU!

Beijos paquerados,
Bi

15 de maio

Desculpe a demora, mas depois do soco que foi a conversa do Ricardo, fiquei meio atordoada. Juntei coisa com coisa, o bilhete do Sidinei no sexto ano, o recado na lousa, a letra "R" e descobri que o Ricardo gosta mesmo de mim desde os tempos de antes. Não falei mais com ele depois da nossa conversa, ou melhor, da conversa dele comigo. Cruzei com ele no pátio da escola várias vezes e só nos cumprimentamos. Um "oi" mixuruca pra cá e outro pra lá. Não sei o que vai dar, mas tomara que ele não acabe a amizade comigo. Vai ser uma peninha.

Deixa isso um pouco pra lá. Tenho outra coisa interessante pra contar. Nós (eu e as meninas) compramos umas revistas na banca de jornal. Não me pergunte como conseguimos o dinheiro pois isso não é nem um pouco importante. Compramos e pronto. E escondemos. Eu ia esconder debaixo do colchão mas achei muito comum. Todo mundo que tem um segredo guardado em casa, alguma coisa que quer manter escondida, guarda debaixo do colchão. Então botei a minha revista numa sacola de plástico de supermercado e pendurei num cabide, no meio de roupas no meu guarda-roupa. De noite, quando está tudo sossegado em casa eu pego a minha revista e folheio as páginas. Você deve estar hipercurioso para saber que revistas são essas. Mas por enquanto não posso falar. Imagine você, descubra se puder. Que revista uma garota de "boa família" fica doidinha para ver e só pode ver escondida???

Beijos escondidos,
Bi

P.S.: O homem da banca não queria vender e disse que as revistas só podiam ser vendidas para maiores de dezoito anos. A Lu mentiu dizendo que eram para o seu pai. O jornaleiro engoliu (ou fez que engoliu) e vendeu. Do jeito que as coisas andam ninguém quer parar de vender, e passam por cima de toda proibição.

16 de maio

Por falar em dinheiro, não aguento mais ouvir meu pai reclamar da situação econômica. Deve mesmo estar duríssima, pois a pizza pronta que comíamos aos sábados já rareou e passou a ser mensal (acho que perto do dia em que ele recebe salário). O que mais escuto é "pobre é uma bosta". Sei que é duro ser pobre, mas acho que no Brasil tem muita gente muito mais pobre do que nós. Por isso resolvi que não somos pobres, somos quase pobres. Perguntei outro dia pro meu pai o que são essas tantas siglas que a gente vê e ouve por aí. Ele explicou todas, dizendo que explicava do modo como entendia, o que não significava estar exatamente correto. Também, são tantas e tantas que haja cabeça pra saber tudo isso: UDR, MST, URP, UPC, OTN, OVER, OPEN, SFH, SUS, INPC, FMI. Quando ele acabou de explicar eu tinha feito uma mistura tão grande na cabeça que achei melhor deixar tudo como antes.

O vizinho do lado ganhou um prêmio na loteria. Pulou, pulou, soltou fogos e comemorou com churrasco. Depois veio o resultado e o valor do prêmio não deu nem pra pagar os fogos de artifício. Coitado, inda ficou com cara de besta, todo mundo rindo da cara dele. Já é duro ser pobre, pobre azarado, então!...

Beijos,
Bi

17 de maio

Uma bronca do tamanho do mundo. Primeiro foi da minha mãe. Depois do meu pai. "Onde já se viu, uma revista pornográfica!? E ainda por cima lendo escondida! E os livros que eu comprei? E as respostas que nós te damos pra todas as perguntas? Alguma vez alguém proibiu você de fazer perguntas sobre sexo?? Nunca! E traz essas porcarias escondido para casa!! Parece coisa de menininha à-toa." E foi por aí afora. Primeiro a mãe, depois o pai. Culpa de quem? Minha mesmo, pois eu esqueci a revista em cima da cômoda e meu irmão pegou, olhou e fez a maior propaganda. Isso é que dá não ter fechadura e chave na porta do quarto. Acho muito bonita essa ideia do meu pai de que em nossa casa não tem cômodos especiais nem individuais e que todo mundo pode entrar e sair de qualquer lugar a qualquer hora. Na prática, eu detesto essa ideia. Nunca posso fazer as minhas coisas, só minhas, só comigo. Eu aproveitei e quebrei o maior pau com ele. Quero quarto com chave. E disse que nos próximos quinze dias estarei morrendo de ódio do sr. Alceu e dez dias da d. Regina. De quebra, eles retiraram o som novo que estava prometido para o aniversário. Não sei no que vai dar. Até agora, a única coisa que realmente aconteceu foi dar sumiço na revista. As meninas vão me encher.

Beijos irritados,
Bi

18 de maio

Contei o acontecido para elas mas não recebi nenhuma palavra de apoio. O máximo desprezo. A única frase que ouvi foi "Bem feito, não sabe guardar direito suas coisas". Que droga. Já não se fazem mais amigas como antigamente. Mas acho que elas têm razão.

Não deram muita bola até porque o assunto que mais contou foi a paquera nova da Dri. Marcou um encontro com um cara que ela conheceu outro dia. Diz que ele estuda em outra escola, no nono ano, e é um "gatão"...

Beijinho, miau, miau

19 de maio

Ontem à noite, bem de noitão, a Dri me ligou aflita dizendo que precisava de uma amiga para ir com ela no encontro com o "gatão". Aconteceu que o "gatão" tem um amigo e o amigo vai junto e ela pensou em mim. (Ela nem imagina quem ocupa meu coração.) Por enquanto ninguém sabe, pois eu acho que é cedo demais pra todo mundo ficar sabendo do meu segredo maior. Nem a Isa sabe e certamente vai ser a primeira a saber quando eu resolver contar. Eu respondi para a Dri que só ia se fosse à tarde e mesmo assim num lugar cheio de gente. Nem pensar em trair o Rô.

22 de maio

Nada de fechadura no meu quarto. Meu pai é assim. Pra tirar alguma coisa dele é preciso muita conversa. Mas pensando bem, nem sei se quero mais fechadura. Hoje de manhã, o Paulinho veio no meu quarto, pulou na minha cama e se aninhou comigo debaixo do cobertor. É tão gostoso. Se a porta estivesse trancada isso não teria acontecido.

Acabei de chegar do encontro com o amigo do "gatão" da Dri e eles dois. Uma droga. Não teve graça nenhuma. Um cara super-sem-graça, quase dois metros de altura, chamado Sérgio. Foi o nome que ele me deu, mas o "gatão" da Dri chamava o tal Sérgio de Ripa. O que eu mais gostei foi do apelido dele. Nunca vi um cara se parecer tanto com o apelido como ele. Magro igual uma ripa, fino e comprido igual uma ripa, sem-graça, sem-sal e açúcar feito uma ripa. Atrevido como uma ripa. Na hora de ir embora ele quis pegar na minha mão e dar um beijo no rosto. Você acha que, depois de tanta conversa chata eu podia oferecer meu rosto para ser beijada por uma ripa? Nem morta. A Dri tomou o porre.

Amanhã vamos num sítio de um amigo de meu pai. Não tive jeito de escapar da chatice. Churrasco (que eu adoro), cerveja e pinga, tomate, pepino e conversa sobre futebol e política me enchem. Depois de amanhã tenho debate sobre um livro que li.

Beijos sabor ripa,
Bi

Querida Juliana,

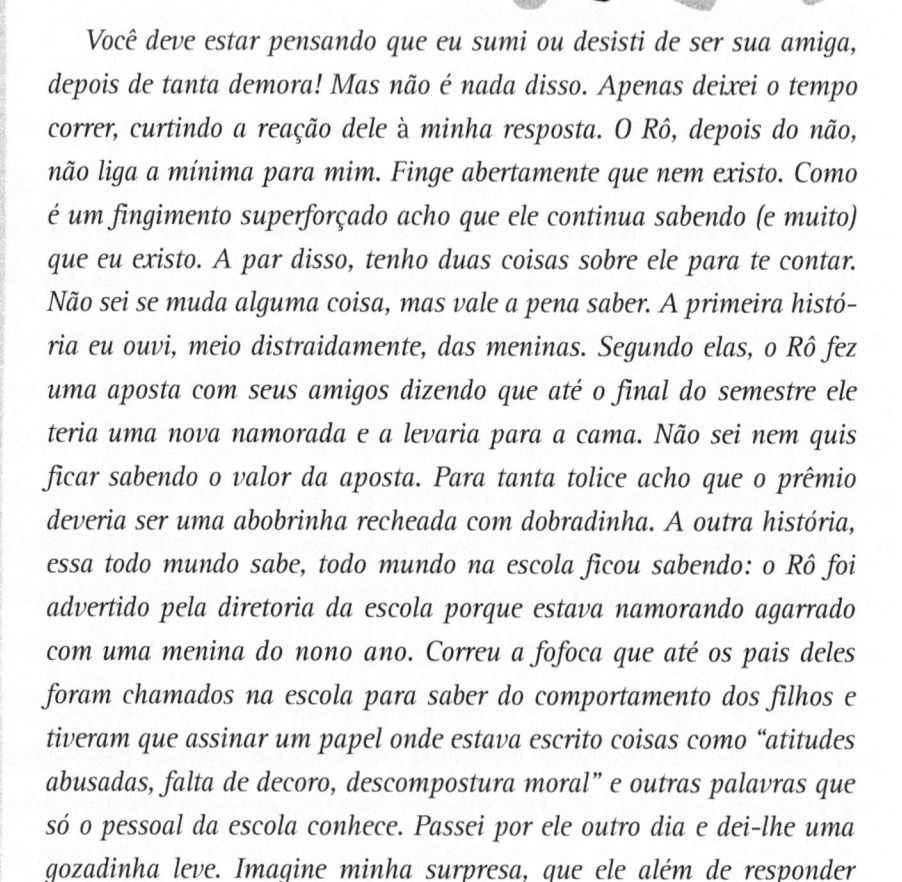

Você deve estar pensando que eu sumi ou desisti de ser sua amiga, depois de tanta demora! Mas não é nada disso. Apenas deixei o tempo correr, curtindo a reação dele à minha resposta. O Rô, depois do não, não liga a mínima para mim. Finge abertamente que nem existo. Como é um fingimento superforçado acho que ele continua sabendo (e muito) que eu existo. A par disso, tenho duas coisas sobre ele para te contar. Não sei se muda alguma coisa, mas vale a pena saber. A primeira história eu ouvi, meio distraidamente, das meninas. Segundo elas, o Rô fez uma aposta com seus amigos dizendo que até o final do semestre ele teria uma nova namorada e a levaria para a cama. Não sei nem quis ficar sabendo o valor da aposta. Para tanta tolice acho que o prêmio deveria ser uma abobrinha recheada com dobradinha. A outra história, essa todo mundo sabe, todo mundo na escola ficou sabendo: o Rô foi advertido pela diretoria da escola porque estava namorando agarrado com uma menina do nono ano. Correu a fofoca que até os pais deles foram chamados na escola para saber do comportamento dos filhos e tiveram que assinar um papel onde estava escrito coisas como "atitudes abusadas, falta de decoro, descompostura moral" e outras palavras que só o pessoal da escola conhece. Passei por ele outro dia e dei-lhe uma gozadinha leve. Imagine minha surpresa, que ele além de responder

irritadíssimo ainda se referiu pouco elogioso ao meu passeio com a Dri, seu gato e o tal Ripa. Ciúmes? Essa não! Como você vê, Juliana, demorei um pouco mas tinha muita coisa para contar.

Fabiana, 24/05

25 de maio

Fizemos debate sobre o livro. Participei médio, não por falta de leitura ou do que dizer, mas por ter uma opinião diferente. Quer saber? Vou dizer, da mesma forma que tentei me explicar na escola. Todo mundo sabe que se comemora neste ano o centenário da abolição dos escravos, 1888-1988. Pois acontece que todo mundo resolveu que neste ano todos os alunos de todas as escolas têm que ler um livro que tenha negros como personagens principais. Eu não gosto desse tipo de comemoração e homenagem com data marcada. Sabe o que vai acontecer: no ano que vem ninguém mais lembra do centenário da abolição e a situação dos negros continuará a mesma. Da mesma forma que tantos escândalos e corrupções de políticos anunciados na TV e jornais estão esquecidinhos da silva. Tentei explicar mas acho que não entenderam. Acho que nem a Glória entendeu, então preferi me calar e apenas ouvir. Você acredita que não tem preconceito no país?

26 de maio

Ganhei uma saia e uma blusa da minha mãe. Hoje é o último dia de ódio por ela, por isso não dei nem bola. Vou abrir o pacote amanhã. Se sobrar tempo, claro!

Conversei com o Ricardo, hoje. Depois daquele dia só hoje nós conversamos. Cada um mais sem-graça que o outro, parecendo dois coelhos, daqueles que o pessoal usa nas festas juninas para entrar na casinha premiada. Tenho impressão que passamos por cima do assunto. Por enquanto fica assim... amanhã é outro dia.

Ganhei o disco do Legião Urbana, aquele que tem a música Faroeste Caboclo. Chocrível, mistura de chocante com incrível. Adorei.

Recebi outra carta do Alex. Prometi mostrar a primeira e esqueci. Dessa eu não esqueço e vai agora. Leia e esqueça. Só abobrinhas.

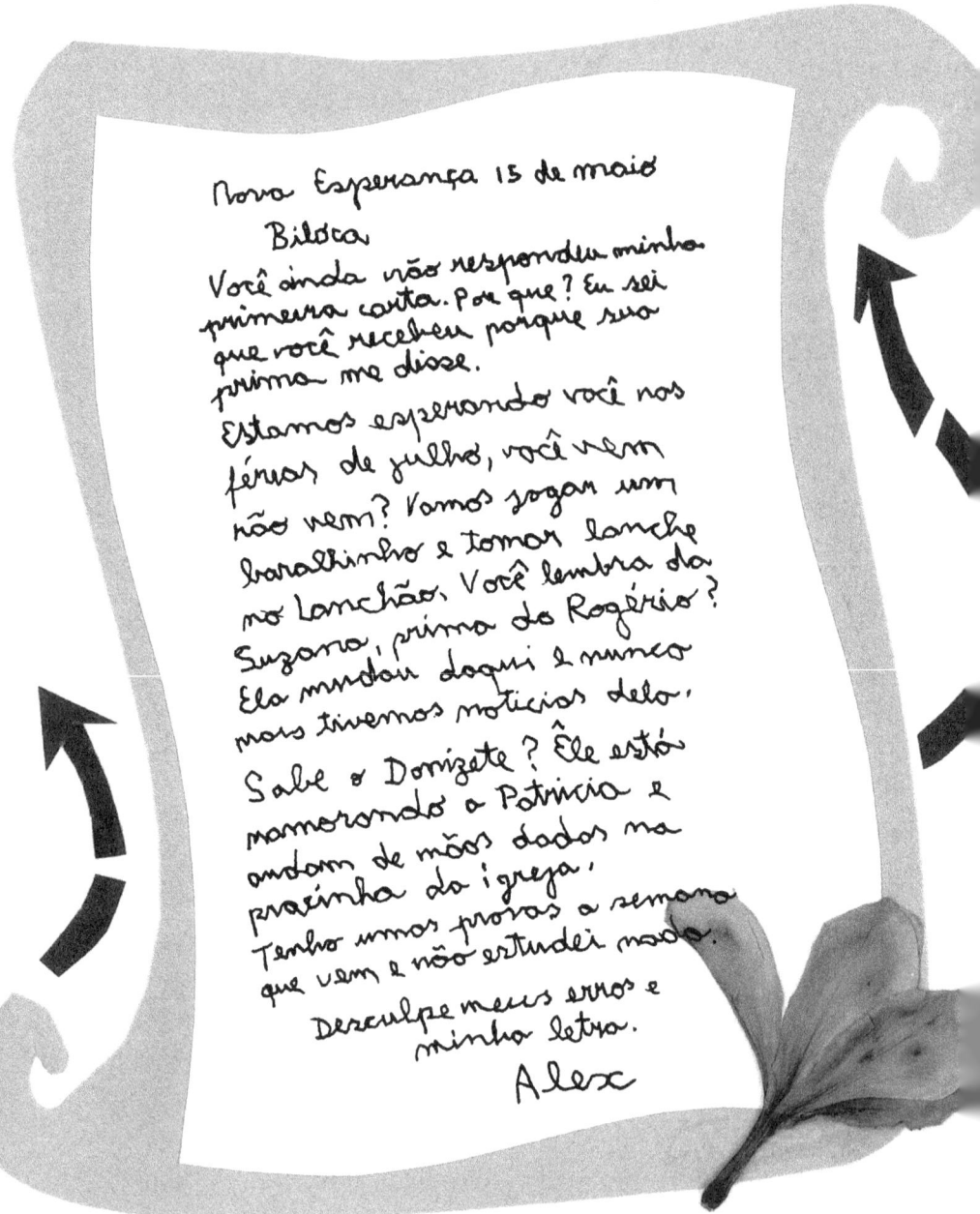

> Nova Esperança 15 de maio
>
> Bilóca
>
> Você ainda não respondeu minha primeira carta. Por que? Eu sei que você recebeu porque sua prima me disse.
>
> Estamos esperando você nas férias de julho, você vem ou não vem? Vamos jogar um baralhinho e tomar lanche no Lanchão. Você lembra da Suzana, prima do Rogério? Ela mudou daqui e nunca mais tivemos notícias dele.
>
> Sabe o Donizete? Ele está namorando a Patrícia e andam de mãos dadas na pracinha da igreja.
>
> Tenho umas provas a semana que vem e não estudei nada.
>
> Desculpe meus erros e minha letra.
>
> Alex

27 de maio

Sobrou um pouquinho de tempo e abri o pacote que a d. Regina me deu: uma saia e uma blusa, eu já sabia bem antes. Fechei de novo e devolvi pra ela. Minha mãe tem muito bom gosto, mas de vez em quando eu acho que ela pensa que está comprando roupa para a menina que ela foi. Dessa vez eu não fui junto e deu no que deu.

Por falar em roupa, ontem os meninos arrancaram a etiqueta da jaqueta do Rô e ficaram brincando com ela, fazendo gozação. No final da aula largaram a etiqueta no chão. Eu esperei todo mundo sair e... adivinha o que eu fiz? Peguei a etiqueta. Está um pouco suja como você pode ver, mas de qualquer jeito é do Rô e se é dele tem valor para mim. Guardaremos juntos mais esse nosso segredo.

Beijos etiquetados (existem?)

↑ etiqueta da jaqueta do Rô
(velhinha, sujinha, vagabundinha)

30 de maio

Recebemos uma circular da escola falando da festa junina. Não S-U-P-O-R-T-O festa junina, inda mais na escola. Depois falo mais, por ora divirta-se com a correspondência. Pra mim, chega!

Srs. pais ou responsáveis

Como é do conhecimento de V.Sa. todos os anos nossa escola promove a Festa Junina. Também nesse ano estaremos promovendo mais uma festa no dia 16 de junho, a partir das 16 horas.

A renda dessa nossa modesta festinha será dedicada a comprar vidros e cortinas para as classes e com o restante compraremos livros e material escolar.

Haverá barraquinhas de quentão, de cachorro-quente, de pipoca, de argola, tiro ao alvo, coelhinho, boca de palhaço, pescaria, pacote surpreza e para os adultos um delicioso bingo. Às 17 horas haverá a coroação da Miss Caipira e em seguida as apresentações da quadrilha.

Pedimos a colaboração dos pais e alunos para venderem votos, ajudarem a tomar conta das barracas e mandarem prendas de todos os tipos. Cada aluno poderá trazer no dia da festa um prato de doce ou salgado.

viu o tamanho do erro? Depois querem que a gente escreva tudo certo!!

Antecipadamente, agradecemos

maio/junho 88

A comissão de festa e direção

1º de junho

Depois de depois de amanhã é aniversário do meu irmão. Até vejo a casa cheia de nenezinhos (pra baixo de treze anos para mim é tudo criança) andando pra lá e pra cá, subindo e descendo escadas, comendo brigadeiros e pisando neles no chão, bebendo e derrubando guaraná. Eu, hein!? Não saio do meu quarto. Vai que um pirralho desses entra aqui e faz um estrago. Vou ficar lendo o livro que o Rô me emprestou. É da irmã dele, que leu quando estava no nono ano. O livro se chama *Saruê, Zambi!* e conta a história de dois jovens negros, seu amor e sua vida no quilombo. Já comecei a ler e estou gostando muito.

D. Regina trocou as roupas que eu não quis. Disse que a amiga dela estava liquidando e aproveitou para comprar. E o que eu tenho com isso: por causa da liquidação sou obrigada a usar molambos!?

2 de junho

Recebi outro bilhete misterioso como aquele de 22 de março.

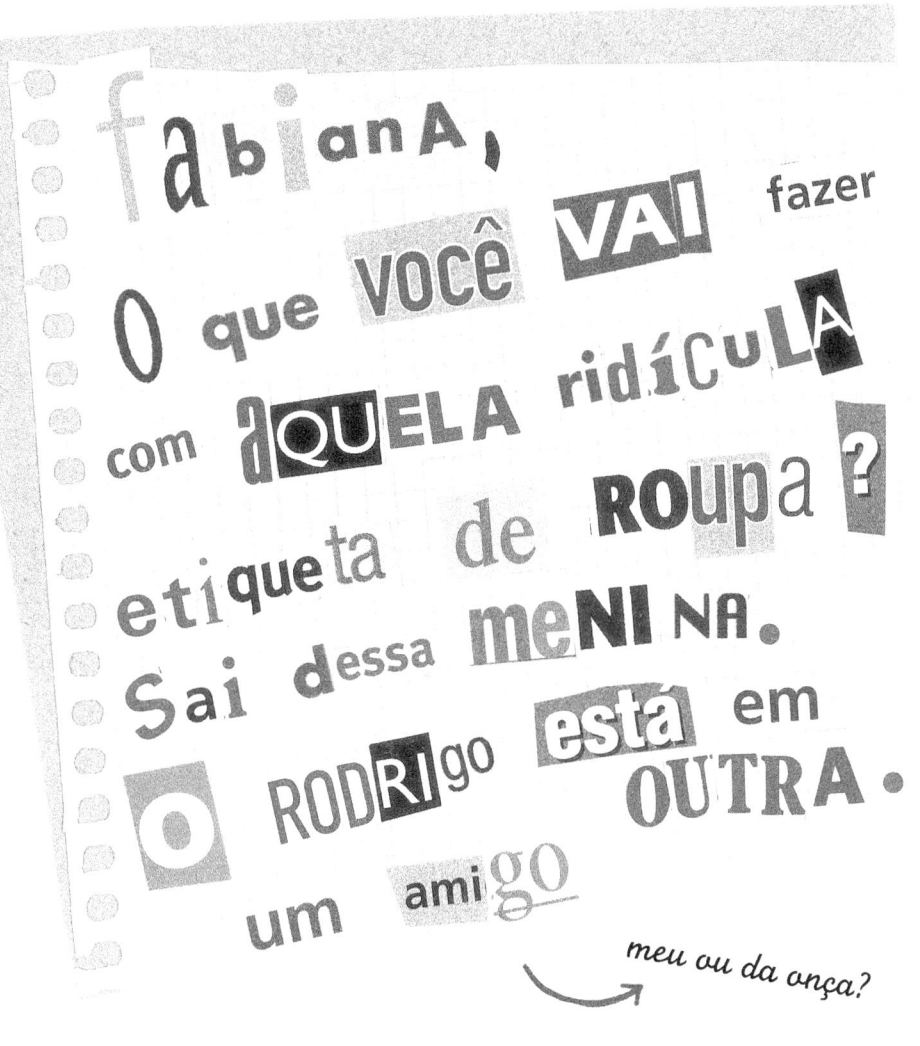

> fabianA,
> O que você VAI fazer com aQUELA ridícuLA etiqueta de ROUpa? Sai dessa meNI NA. O RODRIgo está em OUTRA. um amigo
>
> → meu ou da onça?

Sem comentários. Se descubro quem anda fazendo isso, fuçando nos meus segredos mais secretos eu juro que... Mas como alguém pode saber? Não sabe, não sabe!! Apenas desconfia. De desconfiado o mundo anda cheio. Vou contar pra Isa.

Beijos desconfiados,

Bi

4 de junho

Festa de aniversário do meu irmão. Fiquei no quarto de alerta. Nenhum inimigo à vista. De quebra, ganhei uma camiseta de uma das amigas de minha mãe. Gostei. O brigadeiro estava ótimo.

6 de junho

Fiz uma pequena lista das perguntas e frases imbecis que eu escuto por aí. Se você não se importar com as imbecilidades alheias, aí vão elas:
da Dri: "Biloca, você gosta de mim?"
de minha mãe: "Quem derrubou tanto arroz assim no chão da cozinha?"
do presidente: "O país vai muito bem."
do professor de Matemática: "Vocês entenderam?"
da Isa: "Eu gosto tanto de festa junina!"
do Paulão: "Ei, Biloca, estamos no mesmo barco."

Beijos

10 de junho

Briguei com as meninas por causa da Marília. Fofoca. E depois era tudo mentira. Agora não adianta. A Dri mandou uma cartinha, até a folha seca de rosa ela mandou junto. Pediu desculpas. Se enganou. A Fábia telefonou quatro vezes. Em duas eu não atendi, mas depois falei com ela. Mil desculpas. Precisa pensar antes de acusar os outros, os amigos. A Lu também. Elas aprontam e depois ficam melosas e arrependidas. Agora não adianta, me ofenderam. Por causa do mal (ou será que é mau?) caráter da Marília. Fofocou e mentiu. Não perdoo. Sobre o quê? Ela inventou que eu fiquei interessada no "gatão" da Dri e que até tinha telefonado para ele. Que ia passar a perna na Dri. Contou pra Lu que contou pra Fábia que contou pra Dri. A Dri veio louca em cima de mim. E eu fui louca em cima da Marília. Falei até com a mãe dela que parece que não liga nada pra filha (não sabia direito nem o ano da Marília). Elas me conhecem faz mais de quatro anos e sabem muito bem que eu não faria uma coisa dessas. Não sei até quando vou aguentar, mas estou de cara supervirada com elas.

Beijos de cara virada,
Bi

12 de junho

(Dia dos namorados. Pra quem tem. Pra quem não tem é um dia como outro qualquer. Para mim é um dia como os outros.)

Que saco. Estamos com umas três provas marcadas e a cobrança em cima da tal festa junina está firme. Não sei como podem. Os adultos são um bocado confusos. Primeiro, querem uma escola organizada e disciplinada e depois, por conta da festa junina, abrem mão de tudo e vira a maior confa. Gente, a escola vira uma meleca nos últimos dias antes da festa junina. Só se fala em votos, dinheiro, prendas, dinheiro, barracas, dinheiro. A escola parece um grande supermercado, vendendo e oferecendo de tudo, menos educação. Que se danem as aulas, as provas e as notas. Depois a culpa é nossa. E o que é pior, alguns professores não sei com ordem de quem dão "pontos a mais" nas notas para quem fizer isso ou aquilo, para quem levar "isso ou aquilo". Prefiro tomar sopa de canudinho!

13 de junho

Que sarro! Incrível. O Paulão conseguiu a taça Campeão das Respostas Burras criada pelo professor de Ciências. Na prova ele respondeu "Jesus Cristo" para a questão que pedia um exemplo de um ser unicelular. É mole? Tenho algumas provas na semana que vem, depois é só preparar a mala e o espírito para as férias. Ainda bem que tem a casa da minha vó para as férias.

14 de junho

Acho que vou na festa junina da escola. Não tem jeito. Toda a turma vai, não vou ficar de bobeira sozinha.

    Antes de viajar, com certeza, apresento minha seleção de pichações. Tem cada uma!

22 de junho

Fiz o resto das provas. Acho que não deixei problemas para trás. Fui na festa junina. Um saco. Trouxe essa tolice aí de baixo.

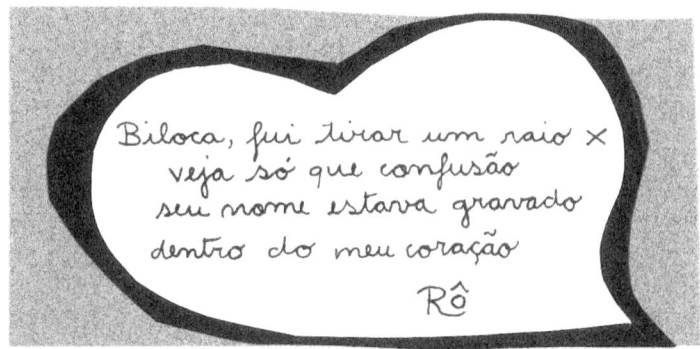

> Biloca, fui tirar um raio X
> veja só que confusão
> seu nome estava gravado
> dentro do meu coração
> Rô

    Antes que seu coração comece a bater doidamente, já vou esclarecendo. Essa letra não é a dele nem aqui nem nunca. E tem mais: essa letra não me é estranha. Tem alguma coisa de conhecida nela. Está na pontinha da memória. Descobrirei loguinho...

Querida Juliana,

    Nada mudou. Ou se mudou, mudou para pior, e cada vez mais sinto um distanciamento entre nós. Na verdade, ele continua naquela de me ignorar apesar de continuar olhando para mim, às vezes disfarçadamente, outras vezes abertamente. Fora isso e fora um ou outro dedo de prosa, a única aproximação maior entre nós foi no dia dos namorados. Ele me perguntou, meio cínico, meio curioso, o que eu ganhara do namorado. Não me fiz de sofredora e devolvi a resposta que ele queria: "uma réstia de alho". Surpreso com o estranho presente, ele perguntou "Alho? Alho, por quê?" ao que respondi "Para afastar vampiros que ficam me rodeando". Por essas e por outras temos nos afastado. Ele anda de segredinhos com a Isa. Acho que é de propósito, só para me irritar. Ele acha que eu e ela somos muito amigas. Cochicham e sussurram o tempo todo. Às vezes chegam a ser insuportáveis. Não tenho coragem de dizer isso para a Isa, pois ela nem sabe dessa minha transa com ele. Pode, no máximo, desconfiar, mas saber, não sabe. Outro dia, na festa junina da escola, os dois ficaram a maior parte do tempo juntos. Não aguentei a melação e acabei saindo bem mais cedo. Odeio festa junina. Acho que se a relação entre eles se firmar mais vou ter que tirar o Rô da minha cabeça (e, principalmente, do coração). As férias estão chegando... um novo amor certamente me ajudará a esquecer o amor antigo (que não é tão antigo assim). Do jeito que veio e entrou na minha vida vai sair. Devagar, de mansinho. Viajaremos no começo de julho. Assim que voltar, escreverei para você.

Fabiana, 23/06

25 de junho

Começamos a fazer os planos para as férias. Pra dizer a verdade, os planos se resumem a quando ir? levar o quê? voltar quando? porque o lugar é quase sempre o mesmo: a casa da minha vó Gal, em Nova Esperança. Uma "dilícia", como diz meu irmão, chatonildo e chorão.

26 de junho

Não vou mais à escola. Mas vamos viajar só no dia 7 de julho. De qualquer forma não vou mais. Ontem foi uma grande enrolação. Na aula do El bigodito (não sei se já falei, esse é o apelido do professor de Ciências), entre uma piada e outra, ele passou a mão no bigode (desculpe minha ignorância vocabular; segundo a Glória é cofiar o bigode e não passar a mão – gente fina é outra coisa) sessenta e oito vezes, em menos de quarenta minutos. Prefiro ficar em casa nesses últimos dias de aula.

P.S. Amanhã, sem falta, mostrarei algumas das minhas pichações preferidas (minhas, não! dos pichadores).

30 de junho

Nada que mereça registro. Vamos viajar de madrugada. Adoro o escuro, a estrada, o friozinho.

Eis algumas das minhas pichações preferidas:

de amor

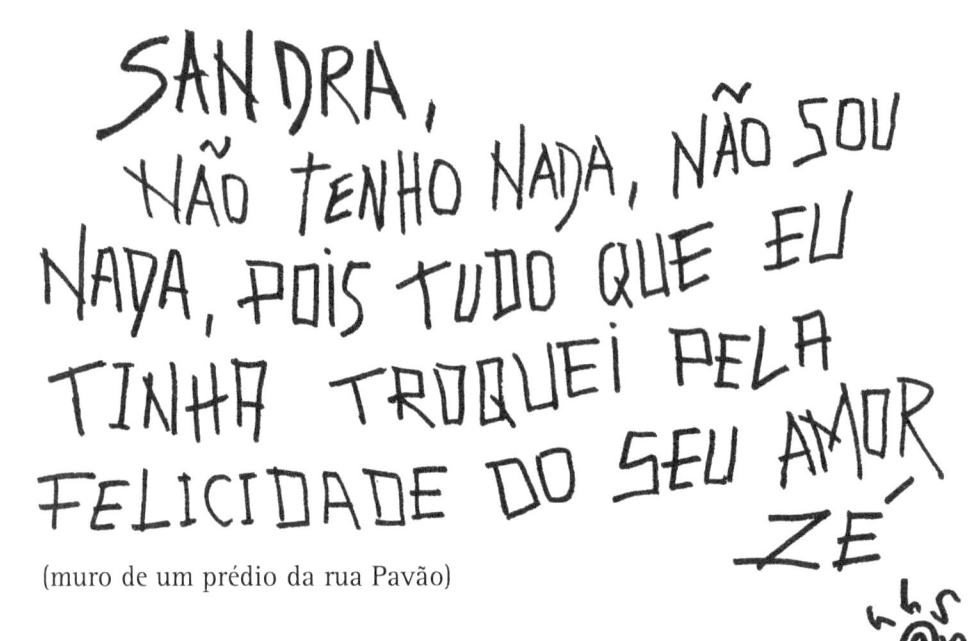

SANDRA, NÃO TENHO NADA, NÃO SOU NADA, POIS TUDO QUE EU TINHA TROQUEI PELA FELICIDADE DO SEU AMOR
ZÉ

(muro de um prédio da rua Pavão)

de amizade

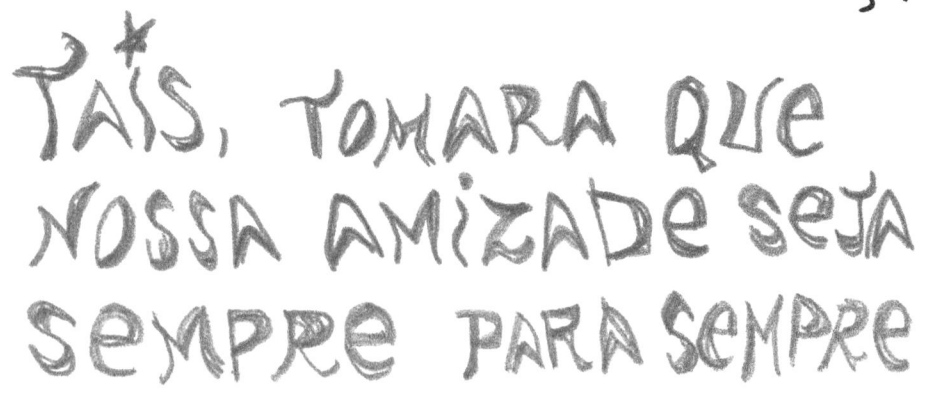

TAÍS, TOMARA QUE NOSSA AMIZADE SEJA SEMPRE PARA SEMPRE

(muro de um terreno baldio na av. Sabiá)

de protesto

OS JOVENS PRESISAM SER OUVIDOS.

(parede de uma academia de ginástica em Nova Esperança)

de parabéns

Mônica, Você pediu pra ser discreto, então, Parabéns!! Toninho

(perto de casa, de frente a um prédio, ocupando o muro todo)

de pichadores sobre pichações

NÃO DEIXARAM NENHUM ESPAÇO PRA MIM

(perto de casa)

Ia pichar mas não quis

(perto da escola)

Pichar é um vicio

(muro da av. 15 de Outubro)

de turmas e personagens

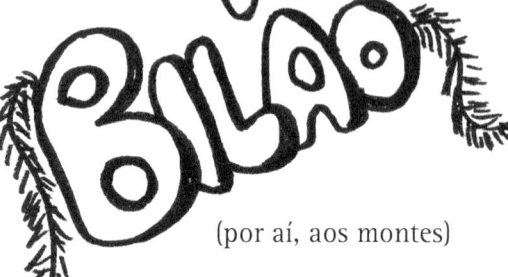

ANARQUIA
(na metade da cidade)

BILÃO
(por aí, aos montes)

STERCO
(por aí, misturado com outras bobagens)

5º DPZ/SUL
(por aí, de norte a sul)

JUNECA E PESSOINHA EM BREVE NA LUA
(por aí, acho que pelo mundo. São meus preferidos. Adoraria que eles passassem por aqui e pichassem meu muro.)

Por falar em JUNECA E PESSOINHA, minha mãe tem uma amiga, d. Cladir, que deu aula em 1985 no Saboia e disse que o Juneca foi aluno seu. Eu não acredito. Além do mais o JUNECA E PESSOINHA hoje são personagens do mundo, de domínio público, como dizem. Eles não são de ninguém, são de todos nós, do fundo do coração.

Beijos pichados de pichações,
Bi

5 de julho

(Julho é o mês voador. Não passa, voa.)

Viajaremos na madrugada de amanhã. Por uns tempos ficarei livre da minha mãe: "levante-se, arrume a casa, me ajude, você não tem empregada, olhe a bagunça, você não cuida nem das tuas roupas!!".

Ainda não sei se levarei você. Tenho medo de você ir parar nas mãos do meu primo e dos amigos dele. Tem cada besta! Na hora de viajar resolverei.

Beijos ansiosos,
Bi

P.S. Meu pai prometeu engordar a mesada nas férias. Tomara. Com essas coisas de dinheiro ele costuma me enrolar, mas se fizer isso na casa da minha vó, mãe dele, eu boto pra quebrar.

Tchau
Férias enfim
Férias doces férias
Axé

7 de julho

Desculpe-me por esta maldita caneta verde. Virei a casa da minha vó pelo avesso e não achei uma caneta azul...

24 de julho

Férias, pão quentinho, dormir e acordar mais tarde, conversa fiada, risadas, gozação, encheção de saco, gritos, música, fitas, discos, jogo de baralho, buraco, sítio, leite de vaca, comida caseira, doces de primeira, frutas, andar, passear, jardim, lanche na lanchonete Lanchão, descanso, sossego, bicicleta, cara a cara, farra em cima do colchão no chão, briga de almofada, conversa de fim de tarde, calma, nada pra fazer, fazer nada, almoço, janta, piscina, andar à toa, paparicação do vô e da vó, domingo, felicidade, felicid...

Com tudo isso, eu bem que tentei mas não consegui achar um tempo pra você. Te levei apenas para passear, pra respirar um pouco do ar puro de Nova Esperança.

Chegamos faz dois dias e só agora eu caí na realidade e senti que as férias acabaram: minha mãe dando bronca na arrumação do meu quarto e meu pai dizendo que mesada agora só em setembro.

Acabou-se o que era doce. Quem comeu arregalou-se.

Beijos de novo

26 de julho

Aulas só na semana que vem. Pensando bem, já estou cheia de ficar em casa sem fazer nada. Televisão é uma chatice sem tamanho. Revistas, não dá pra comprar todas, e as que têm aqui eu li de frente pra trás, de ponta-cabeça e pelo avesso.

Faltam dois dias para o meu aniversário. Não ouvi ninguém falar do som (aquele que me foi desprometido quando me pegaram com as revistas proibidas). Eu também não falei nada. Só quero ver. Lá em Nova Esperança minha mãe falou de passagem que faria um bolo com refrigerantes para minhas amigas mais chegadas.

Só isso.

Querida Juliana,

Não me chame de fraca, amiga Juliana.

Bem que tentei tirar o Rô da minha cabeça e do meu coração. Bem que tentei... mas não consegui. Um dia antes da viagem, o Rô apareceu em minha casa com um punhado de livros, dizendo que era para eu ler nas férias, para ter com o que ocupar o pensamento. Ironia, não? Levei os livros, mas se você pensa que eu abri algum, está enganada. Adoro ler, mas só de pensar e olhar para eles me dava raiva. Raiva do Rô, raiva de mim. Ele tinha razão: mantive meu pensamento ocupado. Quando cheguei das férias, peguei os livros para ir devolver-lhe, do mesmo jeito que eu recebi: fechados. Mas não sei por quê, me deu uma vontadinha de folhear um deles, um de poesias, e eis que no meio das páginas encontro um pedacinho de papel solto, com a letra dele e a mensagem

"F.
Gosto de você sua boboca.
Só você não percebeu ainda quanto eu gosto de você.
Não vai perceber nunca?
　　　　　　　　　Rô"

E aí, Juliana, foi tudo por água abaixo. Minha decisão de tirá-lo do coração e a raiva sumiram feito um passe de mágica. Esqueci da aposta, esqueci do tititi dele com a Isa. Fui correndo levar-lhe os livros de volta, sem ler mesmo. O que havia nos livros não me interessava. A leitura do pequeno bilhete foi suficiente. Ele não estava em casa, não tinha chegado da praia, onde estava passando o resto das férias. Ah, que saudadinha gostosa! Não vejo a hora.

Fabiana, 26/07

29 de julho

Acabei de acordar. Hoje vou mudar minha rotina com você. Como é um dia especial, especial para mim, vou gravar esse dia, hora por hora. Das sete até...

7 horas

Acordei, devagar, fiz onda de preguiça e chamei minha mãe. Ela veio e me deu um abraço gostoso, gostoso, tão gostoso que eu queria que nunca acabasse, daqueles abraços que a gente gostaria de receber um por dia, todo dia, durante a vida toda. Depois do abraço uma frase só, uminha tão pequena mas tão cheia de gostoso: "13 aninhos!".

8 horas

Tomei café e arrumei meu quarto. Ninguém me telefonou.

9 horas

Um pouco de televisão e o abraço sapeca do Paulinho. Irmão é uma coisa tão boa.

10 horas

Ninguém ainda me telefonou. Como as pessoas demoram pra se lembrar da gente. Deveria ter um decreto do presidente da república obrigando todo mundo a ser gentil com os aniversariantes.

11/12 horas

Ajudei d. Regina no almoço. Mas só ajudei, porque tinha um almoço especial para mim. Quibe e salada de alface de folha grossa. Delícia.

Meu pai almoçou junto. Quase nunca ele almoça em casa, mas hoje ele apareceu e foi logo lascando um abraço forte e um beijão. Não tenho culpa se meu pai e minha mãe gostam de mim. Sorte minha. Tá cheio de gente como eu, na minha idade, que tem a família pela metade. Eles acabam se acostumando, mas não é a mesma coisa. A Marília, por exemplo, morre de inveja de ver a gente aqui em casa.

Pois é, no almoço os adultos da casa discutiram entre si e chegaram à conclusão que daria pra fazer uma festa no fim de semana, desde que não fosse para muita gente, uma vez que depois das férias o dinheiro tinha encurtado um pouco. De nada adiantou minha súplica. O presente viria depois. Problema de dinheiro em casa é fogo. Quando a coisa aperta não tem parafuso que desaperte.

Do som novo ninguém falou. Espero até o natal. Não me escapam.

14 horas

(Pulei o número treze. Dá sorte pular o número das horas que é o mesmo do total de anos que a gente faz. Quem me falou? Ninguém. Acabei de inventar agora.)

A Dri ligou de Peruíbe. Eu sabia, ela não ia me esquecer.

15 horas

Hora do carteiro passar.
 Mas o carteiro não passou.
 Os carteiros estão em greve.
 (Faz quase um mês. Não adianta esperar, que não virá nada pelo correio. Greve de correio não deveria acontecer. E os carteiros deveriam ser as pessoas mais bem pagas do mundo. Já pensou quantas toneladas de carinho, amor e alegria eles carregam nas malas de lona!?)

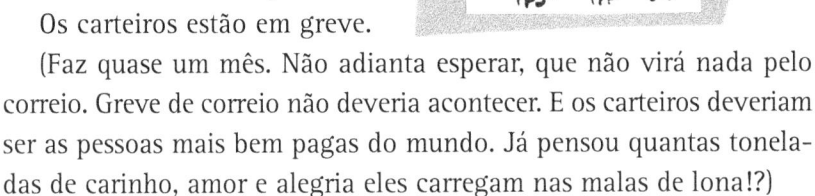

16 horas

A Isa ligou, a Fábia também e a Lu também. Com as três falei mais de uma hora, por isso estou pulando as 17 horas. Falamos de tudo, principalmente das férias de cada uma. Avisei que no fim de semana vai ter bolo em casa. Elas adoraram, eu também.

18 horas

Banho, TV, revista. Superinteressante, arrumação de material escolar.

19 horas

TV. Mais notícias sobre a greve dos carteiros. Milhões de prejuízo. Como são burros e maldosos e egoístas esses políticos que se intrometem numa coisa tão legal como o correio e os carteiros. Por causa deles não recebi o cartão postal que a Isa me mandou dia 17, lá de Campos do Jordão.

20 horas

Meu pai prometeu uma mesada polpuda pra mim. Também já era hora. Com essa inflação minha mesada do mês acabou virando semanada. Quase vou para o quarto dormir, mas veio aqui a Regina H., amiga da minha mãe, me trouxe uma camiseta e essa fofura de cartinha.

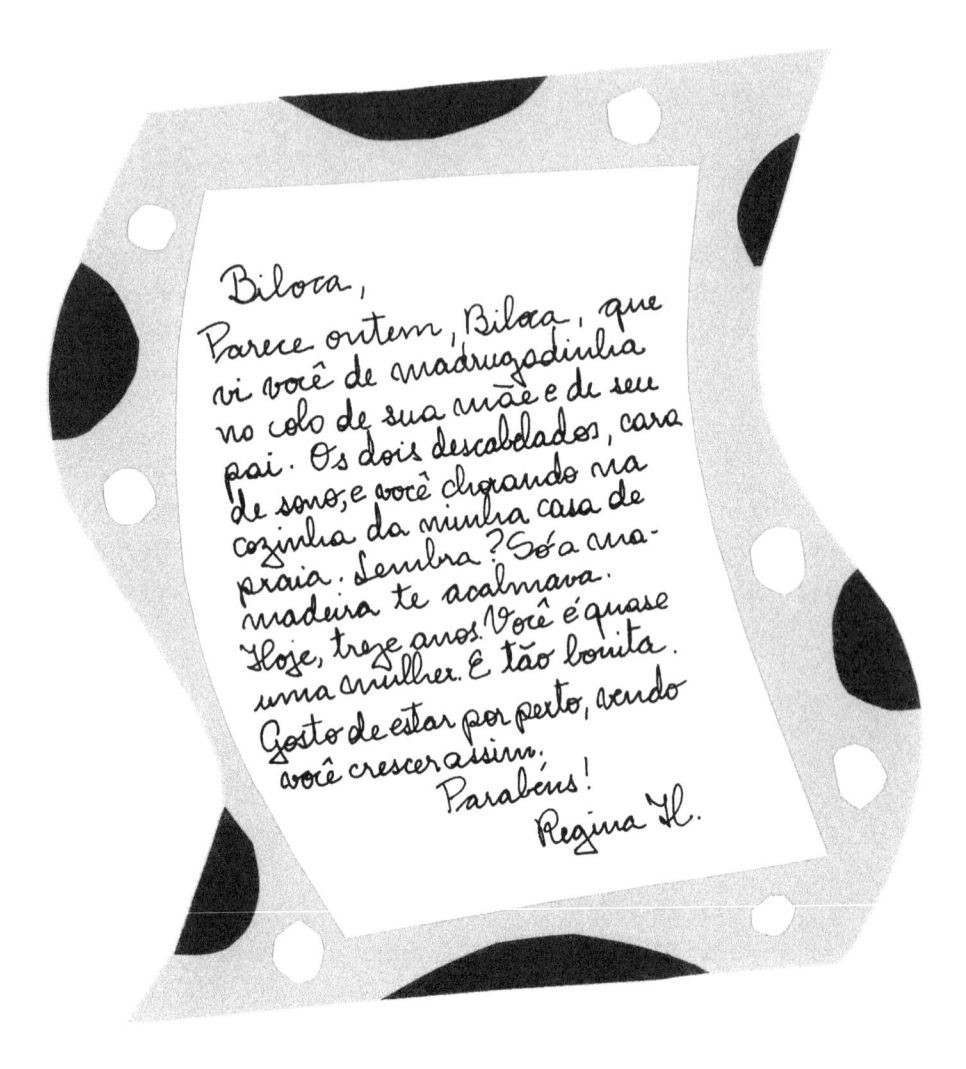

> Biloca,
>
> Parece ontem, Biloca, que vi você de madrugadinha no colo de sua mãe e de seu pai. Os dois descabelados, cara de sono, e você chorando na cozinha da minha casa de praia. Lembra? Só a mamadeira te acalmava. Hoje, treze anos. Você é quase uma mulher. E tão bonita. Gosto de estar por perto, vendo você crescer assim.
>
> Parabéns!
>
> Regina H.

21 horas

Um pouco de TV e o dia especial se acaba. Vou ao espelho e me olho demoradamente. Não me acho feia, mas bem que poderia ser mais bonita. Ainda bem que as espinhas não aparecem com muita frequência no meu rosto. E o cabelo... enjoei deste penteado. Semana que vem vou cortá-lo.

Os peitos estão dando as caras. Parece que desta vez não escapo e viro moça de verdade.

Beijos borbulhantes de alegria,

Bi

2 de agosto

(Agosto é o mês do desgosto, dos cachorros loucos e do folclore. Eta, mesinho!!)

As aulas começaram ontem. Tudo do mesmo tamanho. Tem uma menina nova na classe. Uliana, que parece ser muito legal. Ganhei um desenho do Rô (adorei trilhões!!!), uma cartinha das meninas e uma outra da Tatiana, com quem quase nunca converso. Empreste-me um pouco seu espaço e te mostro tudo.

> Biloca,
> sempre te adorei
> adoro ser sua
> amiga. Desejo muitas
> felicidades pelo
> aniversário,
> Dri

> Bi,
> Você é minha
> melhor amiga.
> Por isso sabe
> meus segredos e
> eu sei os seus.
> Eu desejo que
> nossa amizade
> nunca acabe.
> Te gosto muito
> Isa

Biloca,
Mesmo que você não é tão amiga minha como é de Isa eu gosto muito de você hoje e todo dia.
Parabéns
Marília

Biloca
Adoramos você. Seremos sempre sua amiga, pra valer.
Um beijo
Fábia

Biloca,
Fiquei sabendo que você fez aniversário dia 29. Eu fiz dia 28. Nós quase não somos amigas, mas estamos na mesma classe.
Eu gostaria muito de ser sua amiga. É claro que eu não sou sua inimiga, mas também não sou ainda amiga.
Eu gosto do seu jeito, você é alegre e sincera e eu gostaria de ter uma amiga assim.
Não tenho nenhuma.
Se você quiser ser minha amiga nós seremos. Um grande beijo
Tatiana

Acho que vou ser amiga da Tatiana. Agora, com muita atenção, veja o desenho do Rô.

Guardarei para sempre. O desenho e você.

Adoro-os.
Beijo de sempre,
Bi

Querida Juliana,

Revi o Rô, mais moreno do que a minha saudade. Devolvi os livros. Disse-lhe que tinha gostado mesmo foi o que estava escrito num bilhete perdido no meio deles. Ele riu, um riso de malícia e concordância. Sabia do que eu estava falando. Conversamos um tantão, dessa vez eu falei um pouco sobre ele e ele gostou de me ouvir. Lembrou-se do meu aniversário e me deu um desenho feito por ele mesmo. Uma graça. Vou guardá-lo para sempre, aconteça o que acontecer. Depois disse que qualquer dia desses me dava um outro presente. Pediu que eu escolhesse. Eu até tinha escolhido... mas e a coragem de dizer e pedir? Foi então que ele, bem ali em frente à minha casa, cercou meu queixo com uma de suas mãos e puxou delicadamente meu rosto para junto de si. Foi assim que começou meu primeiro beijo, meu primeiro beijo do Rô... depois, entre o medo de sair alguém da minha casa e o desejo de nunca terminar o prazer, perdi a noção das coisas. Acho que esse beijo marcou o início do nosso namoro. Só o início, porque quando se despediu de mim, o Rô deixou uma frase no ar: "Quero você inteira, Fabiana!". O que será que ele quis dizer com isso? Será que... não, não pode ser.

Fabiana, 2/08

4 de agosto

Contei para a Isa sobre a minha paixão escondida e recolhida pelo Rô. Ela foi comigo na casa da Regina H., amiga da d. Regina, minha mãe, e no caminho conversamos sobre isso. Fiz tanto suspense e tanta onda, mas nada adiantou. A Isa ficou rindo devagarinho, de mansinho e esperando eu contar. Quando por fim eu confessei o nome dele, ela olhou para mim bem zombeteira e disse apenas: "eu já sabia". Quase tive um troço. Como ela sabia? Ela me contou rindo gostoso e abraçando meu ombro. Foi contando e desfiando uma série de fatos que fizeram com que ela primeiro desconfiasse e depois tivesse certeza. Lembra a festa do seu aniversário? Lembrei, claro. Lembra a brincadeira da lousa? Lembrei, claro. Lembra os bilhetes misteriosos? Lembrei, lembrei, claro! E lembra isso, lembra aquilo, fui lembrando de todas as pequenas dicas que fui dando. Como ela é a amiga que mais está comigo, foi só juntando coisa com coisa e matou a charada. Não fiquei brava, não! Afinal, ela soube guardar o meu segredo e além do mais fez uma revelação que quase explodiu meu coração. Disse que o Rô não tinha namorada e que ela suspeitava que ele também gostava de mim. Por hoje chega, não? Com uma "bomba" dessas, haja coração!

6 de agosto

Tornei a falar com a Isa. Ela é muito gozadora. Acho que inventou isso, de achar que o Rô gosta de mim. Quando agradeci, superexageradamente o desenho que ele me deu, ele apenas respondeu: "Que isso, Biloca! Foi um desenhico de nada!".

Fomos à tarde na casa da Uliana, a menina nova da classe, que veio de outra escola. Tínhamos um trabalho sobre o folclore pra fazer e como ela entrou no nosso grupo, lá fomos nós na casa dela. A mãe dela é diretora de escola, chama-se Maria Inês e é um barato. Arrumou dois livros para nós, deu algumas ideias e ficou por ali em volta da gente tirando um sarrinho da nossa cara. Entre tantas, com a cara mais séria deste mundo, disse que agosto é o mês mais difícil pra se arrumar um "gato". Claro, perguntamos por quê. E a resposta: porque agosto é mês de cachorro louco e todos os gatos se escondem. Um baratão.

8 de agosto

Vou cortar o cabelo. Se o dinheiro do sr. Alceu der, faço um enroladinho tipo Elba Ramalho. Festa? Só se for no ano que vem! Tudo por causa do vil metal, que está sempre nas mãos dos outros quando a gente precisa.

Acho que vamos mudar de casa. Não sei com certeza, mas peguei um rabo de conversa entre meu pai e minha mãe que me fez desconfiar. Não perguntei nada porque na hora o assunto não me interessou nadinha, mas agora, pensando bem, quero saber que conversa é essa de casa menor e lugar mais afastado. Normalmente, o que se ouve é as pessoas quererem uma casa maior e um lugar melhor. Alguma coisa não está afinada. Perguntarei para eles.

Recebemos uma carta da minha vó (ainda bem que a greve dos correios terminou. Credo, como esses políticos não se entendem! Ufa! Deus me livre!) com algumas fotografias que tiramos nas férias. Fiquei com duas. Uma delas eu escolhi para ficar aqui.

↳ *fotografia tirada no fundo do quintal perto do galinheiro fedido.*

9 de agosto

Cortei e enrolei o cabelo. Levei um susto quando vi aquele punhado de cachos todos enroladinhos. Pensei que tinha visto outra pessoa no espelho, mas não, era eu mesma. Na escola, as meninas quando viram foram simpáticas dizendo "Ai, Biloca, ficou tão bonitinha". Tenho certeza, quando alguém fala desse jeito e muda logo de assunto é porque não gostou e não quer ofender ou magoar os amigos. Minha mãe chama isso de hipocrisia. Uma palavra até complicada para uma coisa simples. E não falo mais nisso. Não preciso mesmo. Não preciso mesmo olhar muito no espelho. Não tenho, por exemplo, as dez ou vinte espinhas que algumas meninas e quase todos os meninos têm. É só de manhã dar uma ajeitada no enrolado e escapo do espelho (mas, cá entre nós, que ficou esquisito, ah, isso ficou!).

Engraçado que o Ricardo gostou. Depois daquela nossa conversa nós ainda não tínhamos conversado de verdade nenhuma vez. Pois não é que ele chegou e falou com aquele seu jeito que eu gosto tanto:

"Gostei do cabelo, Biloca". Que legal. Parece que essa frasezinha de nada teve o efeito mágico de apagar aquela conversa engasgada de nós dois. Foi como se nunca tivesse acontecido. Conversamos como antes. Na hora da saída, ele passou por mim e me deu um chocolate dizendo: "Tem um chocolate gostoso aí dentro". Meio desconfiada eu abri o doce, peguei o chocolate e vi escrito no papelão retangular que segurava o chocolate: "JÁ PASSOU, BILOCA".

Ah! Ricardo! Continua o cara legalzão de sempre.

Beijos,
Bi

11 de agosto

Perguntei a meu pai e ele confirmou a dúvida: "Talvez precisemos mudar. O dono pediu a casa e o aluguel está muito alto. Mas não se preocupe com isso agora". Como não? A escola, os amigos, a casa, meu quarto? São quase seis anos morando aqui! Dá pra ficar despreocupada?

Hoje é dia do pindura. Será que só hoje?

12 de agosto

Custei para dormir esta noite. Tantas coisas que passaram pela minha cabeça. Parecia uma fita de videocassete. Os amigos, tão difícil de conseguir, as paredes da casa, os vasos de plantas e flores, o azulejo amarelo desbotado do banheiro, o velho opala de meu pai, a rua de asfalto cheio de buracos, o pé de pata de vaca na calçada, o vento empoeirado de agosto, as cadeiras todas rabiscadas da escola.

É esquisito não conseguir dormir. Você quer mas não consegue. Fica doendo o peito, acho que o coração, e a gente fica meio triste e irritada. E sem explicação. Nem o pijama novo conseguiu embalar meu sono. Tem alguma coisa triste no ar.

Beijos maldormidos,
Bi

15 de agosto

Tem alguma coisa triste no ar, além da superstição de ser 13 de agosto. Foi o dia dos pais mais acabrunhado de que me lembro. Nem presente nem almoço diferente.

Fizemos uma lista de filmes de sucesso na escola. Diverti-me muito. Ei-la:

RAMBO (com o Afonso, o mais temido controlador da disciplina)

CAÇADORES DA ARCA PERDIDA (com as meninas que procuram namorados e nunca acham)

CONTOS ASSOMBROSOS (aulas de Ciências)

GUERRA NAS ESTRELAS (aula de Artes)

EM ALGUM LUGAR DO PASSADO (Professor de Educação Religiosa: morreu e esqueceram de enterrar)

SUPERMAN (com o Paulão, grande e bobão)

Depois dessa lista fizemos a lista das manias. Dos professores e das nossas. Aí vão as manias:

Glorinha: fala com o cigarro aceso na mão esquerda e a mão na cintura.

Ildefonso: só escreve no canto direito da lousa.

El Bigodito: cofia (viu, aprendi!) o bigode centenas de vezes numa só hora.

Sara: fala "né" entre as frases, no começo delas, no fim delas. Haja "né" pra falar e haja ouvido pra escutar.

João Batista: fala "bem, pessoal, é por aí ou não é por aí?" (e a gente nunca sabe se é ou não por aí, ou se é por ali).

Dionísio: quebra o giz enquanto explica a matéria (quebra uns dez por aula).

Sílvia: entorta a boca toda vez que fala "gente, ô gente".

As nossas são manias mais interessantes, você há de concordar comigo.

Paulão: mania de só fazer cocô com o gibi do Chico Bento ou Cascão na mão, mesmo que já tenha lido a revista uma centena de vezes.

Dri: dormir de meias curtas mesmo no maior calor.

Fábia: fazer tarefas da escola, ler e estudar com o rádio ligado.

Eu: dormir com um lençol velho enrolado no meu polegar direito e encostado no nariz.

Ricardo: só comer com colher.

Rô: tirar titica do nariz quando está distraído e grudá-la debaixo das mesas, cadeiras, carteiras, etc.

Isa: usar bermudas coloridas, camiseta branca e tênis sem meias quando está em casa.

Beijos maníacos,
Bi

16 de agosto

Sou moça finalmente. Quase completa. Só falta os peitos crescerem um pouquinho mais. Só mais um pouquinho. Meu pai ontem me deu um abraço gostoso (daqueles que dá vontade de nunca acabar) e disse com malícia "estou sentindo duas coisinhas encostando no meu peito", brincando comigo. Ele já reparou que por trás da camiseta há algo de novo, que antes quase não aparecia, que agora está um pouco maior. Mas não é sobre isso que estou falando. É sobre aquele "algo mais" que me torna mulher. Sabe do que estou falando? Da menstruação. Por pouco não fui pega de surpresa, mas minha mãe estava por perto e recebemos a menstruação com absorvente, palmas e muita alegria. Ela me deu depois um cartão, desses de gozação, comemorando a data.

Beijos de moça,
Bi

demorou, mas até que enfim!

Querida Juliana,

Ah! Juliana, que bom: sou moça finalmente. Moça de verdade, de corpo e sentimento. Tenho até me dado o luxo de perder o sono à noite. Será que faz parte das comemorações da passagem da menina para a moça? Será? O certo é que nesses útimos dias tenho vivido pedaços intensos do meu sentimento pelo Rô. Já estou mais sábia na arte de beijar e de explorar pelo prazer a geografia do meu corpo. O Rô vem comigo. E me diz constantemente que os beijos não bastam mais, que me quer inteira. E eu respondo, terrivelmente abalada por dúvidas, medo do desconhecido, desejo do não sabido, que não é hora, que é cedo, que ainda sou criança. Há tanta coisa em volta disso. Por que a insistência dele? E depois? Fica por isso mesmo? Por que tem que ser assim? Para ele é mais fácil. Não tem nada a perder! E eu, tenho? Essas perguntas me roubam o sono, me fazem inquieta, não me deixam conhecer mais essa transa gostosa de gostar de alguém... gostar só para gostar e para nada mais...

Fabiana, 16/08

17 de agosto

Os pais da Marília vão se separar. Ela apareceu na escola contando isso pra gente, com a cara mais lavada desse mundo. Eu não sei bem o que se passa na cabeça da Marília. Uma notícia dessas na minha casa, meu pai e minha mãe se separando, teria o efeito de uma bomba atômica e, no, entanto, ela nem ligou, nem se abalou. Como se não fosse com ela. Pode? Eu não consigo falar muito sobre isso pois é um assunto que me incomoda só de pensar. Aliás, sobre isso eu só penso uma coisa, não sei se certa ou errada: os adultos botam as crianças no mundo e são responsáveis por elas enquanto elas precisarem. E fim de papo. Os pais da Tatiana são separados, ela me contou. Estamos ficando amigas. Ela disse que é muito ruim morar só com a mãe e que quase não vê o pai porque eles saíram brigados do casamento na hora da separação. Por falar nisso, é outra coisa que me intriga: é sempre a mãe que fica com os filhos, o pai é que sai. Parece que a mulher já nasce com o destino de ficar bonita, procurar marido e criar filhos. Quero outro destino para mim. Se for para arrumar marido tem que ser ajudeiro assim como meu pai (minha mãe diz que deu muito trabalho ensinar o Alceu, mas que ele aprendeu...).

Outro dia a Tatiana passou por aqui justamente quando meu pai estava varrendo o quintal. Ela ficou olhando... olhando... (com olhinhos de inveja e tristeza) e perguntou se ele sempre fazia esse serviço para minha mãe. Expliquei-lhe que não era para minha mãe, que esse serviço é dele, que é ele quem sempre varre o quintal.

19 de agosto

Ontem fomos à casa de Madame Pompadu. Nem te conto. As meninas apareceram na escola com o cartão dela e combinamos fazer-lhe uma visita. Combinamos que só uma de nós entraria na toca da mulher, mas que as outras ajudariam a pagar a "consulta". A escolhida, na base do papelzinho sorteado, foi a Isa, e lá foi ela com cara de mulher, com roupas de senhora, a cara pintada, sapato de saltinho e bolsa. Uma verdadeira senhora. Juntamos nossos trocados, pagamos a consulta e a Isa foi consultada. Madame Pompadu falou maravilhas. Disse que ela vivia um casamento feliz, que o marido gosta muito dela, que o problema de saúde logo passará e que uma grande novidade, talvez um filho, acontecerá breve. Tudo certo, não! Tudo certinho. Vá adivinhar assim lá na Cochinchina.

Pra quem quiser, aí está o cartão dela:

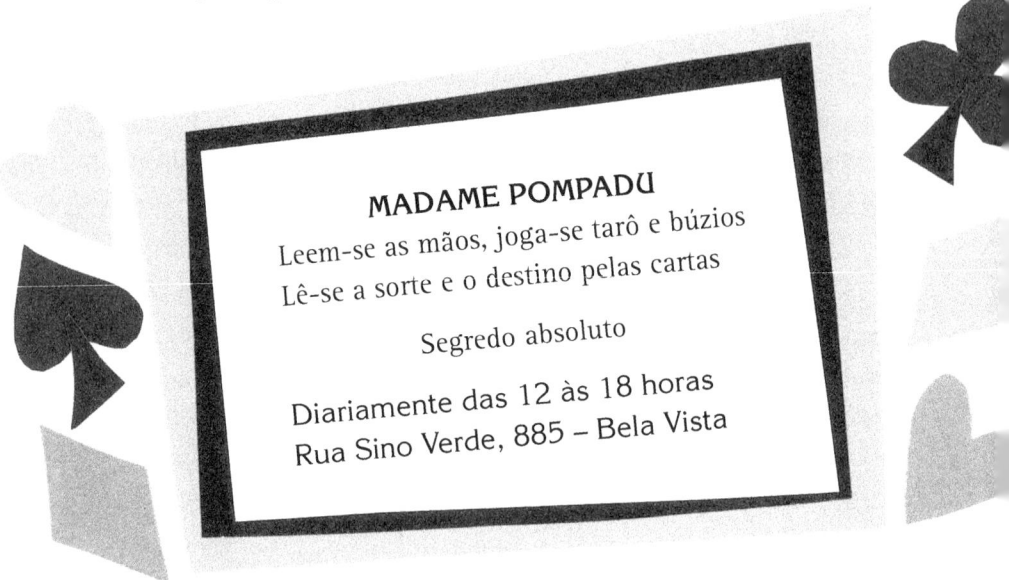

MADAME POMPADU

Leem-se as mãos, joga-se tarô e búzios
Lê-se a sorte e o destino pelas cartas

Segredo absoluto

Diariamente das 12 às 18 horas
Rua Sino Verde, 885 – Bela Vista

20 de agosto

Está decidido. Vamos mudar de casa logo depois do dia 7 de setembro, aproveitando o feriado para carregar coisas e fazer a mudança. Já vi a casa onde vamos morar. Não é longe daqui, mas um pouco mais velha.

21 de agosto

Recebi uma flechada, um "tiro ao álvaro". Não, nada disso. Falo de uma olhada que o Fábio Azevedo do 9º ano me deu. Eu sei e senti que foi diferente, que foi olhar de paquera, olhar 72, daqueles que quase matam. E o Rô? O que eu faço com ele? A promessa do Fábio Azevedo foi tão real e verdadeira. O que eu faço? Oras bolas, espero ele olhar outra vez e confirmar seu interesse. Depois... bem, depois é depois e isso é outro papo; papo pra depois.

22 de agosto

Dia do folclore. Desconfio que a olhada foi por conta do meu cabelo estilo Elba assustada.

23 de agosto

Tirei nota baixa em Matemática.
   Tem alguma coisa triste no ar.

24 de agosto

Fui duas vezes chamada à atenção na aula da Glorinha por estar voando longe, em outro mundo.

25 de agosto

Conversei com o Fábio. Rimos um pouco. Me fez bem. Ganhei dele uma figura autoadesiva dessas de colar no caderno. Trouxe para nós.

27 de agosto

A Regina H. esteve em casa conversando com meu pai e minha mãe, até bem tarde da noite. Quando foi embora ouvi bem um "amigo é pra essas coisas". Parece letra de música mas não, é paulada que a vida dá.

29 de agosto

Tem muita coisa triste no ar. Meu pai perdeu o emprego e o pouco de economias que tinha guardadas dançaram num negócio em que ele se meteu. Eles, o sr. Alceu e a d. Regina, estão nervosos. E eu, triste.

Querida Juliana,

>*Já decidi.*
>*Falo com o Rô na próxima vez que nos encontrarmos.*
>*Não sei por quê, mas ando profundamente triste...*
>*Será assim gostar das pessoas?...*

1º de setembro

(Mês da pátria, do coração verde-amarelo...)

Vamos mudar depois de amanhã. Um pouco antes do combinado. Estamos arrumando as coisas, as caixas, os trens, os cacarecos, as bugigangas... Talvez passe uns dias sem abrir você.

Até qualquer dia, querido diário...

Dez anos depois

Ah! Biloca, que saudades deliciosas, que ventinho gostoso de lembrança boa sopraram pro meu lado hoje quando mamãe achou o diário e me deu dizendo apenas "Olhe o que eu achei". Como um filme antigo, já visto, mas nunca esquecido, revi você nas minhas mãos, nas minhas tardes/noites, nos meus treze anos. Tesouro perdido nas dobras do tempo recém-encontrado. Tanta coisa aconteceu... tanta coisa... e você perdido numa caixa qualquer num canto da velha casa nova.

Que mau bocado de tempo passamos nesses anos! A nossa mudança, que acabou sendo para uma casa bem pior, longe, muito longe. Meu pai sem emprego, minha mãe ajudando como podia e eu... sem poder ajudar... Quantas vezes ouvi meu pai, cabisbaixo e triste, confessar à minha mãe que precisava de novo pedir dinheiro emprestado para sua mãe, minha vó. Não tinha mais dinheiro. E a gente economizava e apertava e virava e mexia e tudo era ruim demais à nossa volta. Foi mais de um ano assim. Depois, os dois trabalhando, e eu segurei a barra da casa. Levei bomba no oitavo ano, claro, pois não tive cabeça para acompanhar a mudança da vida. Demorou, custou um pouco, um ano, dois, três, mas nos recuperamos e colocamos as coisas de volta quase no mesmo lugar.

Que saudade gostosa da Biloca de treze anos.

A Marília, nunca mais vi. A Dri, a Fábia, a Lu, o Ricardo, o Rô, onde andarão? Como eu, certamente, são adultos procurando sobreviver e encontrar o melhor caminho para a vida adulta que se apresenta pela frente. A Isa também perdi de vista. No começo, quando mudamos, ela foi várias vezes à minha casa. Mas acho que desistiu.

Era muita tristeza pra cabeça de uma jovem. A única que resistiu bravamente foi a Tatiana. Lembra-se dela? Lembra-se da carta que ela me mandou no meu aniversário? "Se você quiser ser minha amiga, seremos". Acho que estava adivinhando nossa amizade futura. Que pessoa maravilhosa! Segurou minha tristeza na base do carinho.

Até hoje somos amigas. Apesar dos namorados que temos, ela mais apaixonada do que eu, temos em comum um prazer muito grande em nos ver e conversar.

E minhas cartas escritas para a Juliana e nunca enviadas? Lembra-se delas? Sabe por que nunca as enviei? Não deve saber, pois nunca te contei. Foi meu único segredo para com você. Não mandei porque a Juliana não existia e porque... nada daquilo aconteceu, foi tudo invenção da cabecinha de Biloca. O Rô nunca soube nem nunca saberá que viveu comigo dias intensos de um grande amor. Que acabou naquele início de setembro.

O Paulinbo hoje é o Paulo. Um Paulo magro e espichado como era o Ripa. Lembra do Ripa? Um Paulo quietão, mas bonito e companheiro.

D. Regina e o sr. Alceu, que barra!, continuam juntos, cheios de cabelos brancos. Mas ternura têm de sobra.

Eu? Eu sou a Fabiana (Biloca só em casa), primeiro ano da universidade, curso de Turismo.

Os olhos continuam mudando conforme o estado de espírito. Cresci uns quinze centímetros. Continuo gulosa, comendo tudo, mas a gula maior que tenho agora é pelo mundo: conhecer, saber, ver, aprender, falar, viajar, sonhar, fazer...

Amanhã sem falta te mostro uma foto minha e se você não se importar... vou continuar escrevendo nessas últimas folhas em branco. Posso?

Então... até amanhã, querido diário.

Beijos de novo,
Fa(Bi)ana

Quinze anos depois

Biloca foi embora faz tempo.

A Fabiana foi há pouco. Foi "com fome de mundo", como sempre dizia. Antes mesmo de terminar o curso de Turismo, já tinha promessa de emprego em uma empresa com filiais em várias cidades. Foi feliz e deixou um buraco enorme na vida da nossa família. Acho que é assim mesmo. Na hora do último abraço, minutos antes de ir, ela me entregou este diário, o seu diário, de uma época que não volta mais, e disse que a leitura preencheria o vazio da saudade e ajudaria a tocar a vida adiante, pois ali estava um pedaço seu e o diário não poderia estar em mãos melhores do que as de sua mãe.

Ela tem razão. Biloca está aqui comigo, sempre presente em cada página, cada anotação, cada desenho. Um doce oásis nesse mundo de atentados, violência, safadezas e intolerâncias.

Ler este diário da Biloca me traz de volta momentos de nossa vida que eu não quero esquecer.

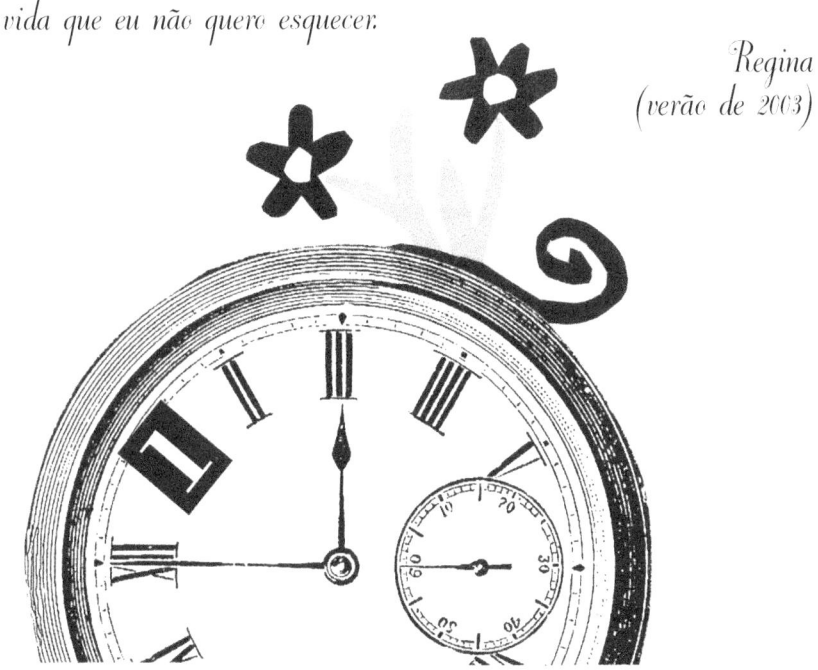

Regina
(verão de 2003)

O autor

Arquivo pessoal

Nasci em Nova Granada, interior do Estado de São Paulo, num 4 de junho, há um bom tempo atrás. Nessa cidade cresci e fiz meus primeiros estudos. Tive uma infância deliciosa, numa rua cheia de histórias, meninos, meninas e brincadeiras. Foi lá também que passei minha juventude, descobrindo um pouco das artes e artimanhas da vida, sempre rodeado de muitos amigos e de uma família carinhosa.

O tempo foi passando e veio a necessidade de definição profissional. Sem muitas opções na cidade e quase sem recursos para voos mais altos, formei-me professor, carreira que percorri por trinta apaixonados anos.

De Nova Granada fui para São José do Rio Preto, onde fiz o curso de Pedagogia, a fim de preparar-me para ser um bom professor. De São José do Rio Preto, sonhos mais ambiciosos trouxeram-me para São Paulo, onde moro até hoje. Foi certamente em São Paulo que desenhei minha vida com as formas e as cores que ela tem hoje. Aproveitando as oportunidades que surgiam e criando outras, fui fazendo cursos, estudando, vivendo experiências profissionais diferentes e enriquecedoras. Fui professor, coordenador e diretor de escolas. Escrevi programas que ajudaram na formação de outros professores. Cursei pós-graduação em Educação e Comunicação. Estudar sempre fez parte de minha vida e, ainda hoje, continuo estudando, agora me dedicando às questões da cidadania e da comunicação na sociedade atual.

Sou autor de livros didáticos de Língua Portuguesa e de paradidáticos sobre cidadania e valores para alunos dos anos iniciais.

Paralelamente ao trabalho como educador, fui escrevendo, desenvolvendo uma vocação que havia aparecido em Nova Granada, quando trabalhava para o jornal local. Fui produzindo textos para meus alunos e depois publicando livros para crianças e jovens leitores, entre eles, *Diário de Biloca, Treze contos, Sete gritos de terror, Tesouro perdido do gigante gigantesco,* as coleções Tantas Histórias e Meninos & Meninas.

Hoje, são dezenas de livros de literatura publicados (alguns até em outros países), milhares de leitores e muita satisfação de ver meus escritos dando prazer para outras pessoas.

Entrevista

Não estava escrito nas estrelas... mas eu fui escrevendo.
(Edson Gabriel Garcia)

Em *Diário de Biloca*, Edson Gabriel Garcia registra o cotidiano de uma garota no início de sua adolescência, essa fase intermediária da vida: não se é mais criança, ainda não se é adulto. É o período da descoberta de si e do outro, uma fase em que o mundo se amplia, em que os questionamentos passam a fazer parte do cotidiano. Que tal conversarmos um pouquinho com o autor? Com certeza ele tem muito a dizer sobre a adolescência e outros assuntos.

EM *DIÁRIO DE BILOCA*, VOCÊ NOS APRESENTA, COM BASTANTE SENSIBILIDADE, FABIANA-BILOCA, UMA GAROTA QUE ESTÁ VIVENDO ESSA FASE DE DESCOBERTAS E QUESTIONAMENTOS QUE É A ADOLESCÊNCIA. EM QUE SENTIDO SUA CARREIRA NO MAGISTÉRIO CONTRIBUIU PARA A CONSTRUÇÃO DA PERSONAGEM?

• Eu desconfio que minha história de educador – primeiro como professor, depois como diretor de escola de ensino fundamental – foi determinante na carreira de escritor. Foram tantas as histórias que escrevi tomando como base as coisas que vi, vivi e ouvi nas escolas que, tenho certeza, as carreiras se misturaram, se completaram e se autoinfluenciaram positivamente. Lembro-me de uma dessas muitas entrevistas que damos aos leitores, em que uma garota, leitora do *Diário de Biloca,* perguntou-me como "um homem, bem acima da idade da personagem, podia saber tanto da vida de uma menina". Mal sabia ela que eu conhecia, nas escolas, inúmeras meninas com essa – e outras – idades. Às vezes, um professor sabe muito mais coisas da vida de uma criança ou jovem do que seus próprios familiares. Claro, vale lembrar que em nenhum momento eu transpus fatos, segredos e emoções de um aluno para uma personagem. Minhas personagens são construções imaginárias minhas.

HÁ UMA EXPRESSÃO MUITO UTILIZADA PARA SE REFERIR AOS GAROTOS E GAROTAS QUE ESTÃO PASSANDO PELA ADOLESCÊNCIA: "ABORRECENTES". O QUE VOCÊ ACHA DESSE TERMO?

• Não concordo com ele, não. Passei a maior parte da minha vida lidando com crianças e jovens, meus alunos, e com adultos, professores e colegas.

Diário de Biloca
Edson Gabriel Garcia

Suplemento de leitura

Em seu diário, Biloca fala do cotidiano familiar e escolar, dos amigos, das descobertas, dos desejos e das dúvidas... Afinal, não é fácil deixar de ser menina e se tornar moça, de corpo e de sentimento. Mas Biloca não conversa apenas com seu diário: ela também escreve cartas a Juliana, confidente para seus assuntos mais secretos, como o amor e suas dores e dúvidas.

Em vários momentos, Biloca relata suas preocupações com as dificuldades financeiras pelas quais está passando a família, que acabam culminando com a mudança para uma casa menor, em outro bairro, interrompendo a escritura do diário.

Dez anos depois, o diário é reaberto. Biloca, ou melhor, Fabiana, agora com mais de 20 anos, revisita sua adolescência, se emociona com suas anotações, relembra os amigos, os acontecimentos...

Acompanhando o cotidiano de Biloca nas páginas de seu diário, vamos nos encantando com essa garota sensível, cuja vida é muito parecida com a de muitas jovens de sua idade.

Que tal revermos sua história por meio das atividades aqui propostas?

Por dentro do texto

Personagens e enredo

1. Depois de ter lido o *Diário de Biloca*, como você descreveria a personagem Fabiana, ou melhor, Biloca?

   _____
   _____
   _____

2. Em poucas palavras, descreva as seguintes personagens, que, de alguma forma, foram importantes para Biloca:

   Ricardo: _____

   Isa: _____

   Rodrigo: _____

   Tatiana: _____

3. Como você descreveria os pais de Biloca?

   _____
   _____

4. Tendo em mente o primeiro registro que Biloca faz no seu diário, responda:

   a) Quais são suas expectativas para o ano que está começando?

   _____

Tempo

12. No texto, há dois tempos: aquele em que Biloca escrevia seu diário periodicamente e o do final, alguns anos depois. Comparando a menina e a moça, você diria que Fabiana mudou muito?

13. Que sentimento Fabiana nutre pela adolescência que passou? Como ela analisa esse período de sua vida?

Linguagem

14. No livro, observamos que, quando quer sintetizar seu pensamento, Biloca utiliza alguns ditados populares. Por exemplo, "águas passadas não movem moinhos", para dizer que o passado não volta, que o que importa é o presente e o futuro. Que tal agora pesquisar o significado dos seguintes ditados populares?

a) Água mole em pedra dura tanto bate até que fura.

b) Cada cabeça, uma sentença.

c) Devagar se vai longe.

d) Quem tem boca vai a Roma.

e) Quem vê cara não vê coração.

15. Pensando na linguagem utilizada em *Diário de Biloca*, o que podemos dizer a respeito?

Produção de textos

16. A escritura do diário é bruscamente interrompida no dia 1º de setembro, com a mudança de casa. Imagine agora que você é Biloca e continue o diário mais um pouco.
Propomos a você que relate os seguintes acontecimentos:
    - a mudança de casa (como foi a fase de adaptação);
    - a "bomba" no oitavo ano;
    - os problemas financeiros que a família teve de enfrentar.

17. No dia 20 de abril, Biloca dá sua "ficha completa", com foto e tudo. Que tal conhecer um pouquinho mais seus colegas de classe, por meio de fichas semelhantes a essa? Vocês poderiam, por meio do sorteio dos nomes, dividir a turma em duplas, e um colega entrevistaria o outro. De posse das respostas, você escreveria um texto, apresentando seu colega à classe. Por exemplo: "Eu conversei com Fulano de Tal, que tem tantos anos, estuda nesta escola desde tal ano, seu sonho é tal. Fulano gosta disso e não gosta daquilo, sua matéria preferida é tal", etc.

Atividades complementares

(Sugestões para Literatura, Geografia e Ciências)

18. Lembra-se da poesia "O assassino era o escriba", que Biloca transcreveu no seu diário? Você sabe quem foi Paulo Leminski? Que tal uma pesquisa sobre a vida e a obra desse poeta? Só para aguçar um pouco mais sua curiosidade, leia agora mais um poema de Paulo Leminski.

um bom poema
leva anos
cinco jogando bola,
mais cinco estudando sânscrito,
seis carregando pedra,
nove namorando a vizinha,
sete levando porrada,
quatro andando sozinho,
três mudando de cidade,
dez trocando de assunto,
uma eternidade, eu e você,
caminhando junto

(*La vie en close*. São Paulo: Brasiliense, 1991.)

19. Em uma de suas anotações no diário, Biloca faz a seguinte afirmação: "Sei que é duro ser pobre, mas acho que no Brasil tem muita gente mais pobre do que nós".
Leia agora o seguinte texto, extraído do *site* do Movimento Global para as Crianças (GMFC), uma força coletiva global empenhada em construir um mundo onde cada criança tenha direito à dignidade, à segurança e à realização dos seus objetivos:

Para milhões de crianças em todo o mundo, a pobreza significa mais do que simplesmente não ter dinheiro. [...] A pobreza signi-

8. As cartas a Juliana destoam do resto do diário: mostram uma Biloca mais adulta, mais séria; até a linguagem que ela utiliza é diferente. Na sua opinião, por que existe essa diferença?

9. Que revelação Fabiana, já adulta, faz sobre as cartas a Juliana?

10. Depois do dia 1º de setembro, véspera da mudança de casa da família, o diário é interrompido para ser reaberto apenas dez anos depois. O que aconteceu com Biloca e seu diário durante esse tempo?

11. Por que motivo teria Biloca deixado de escrever em seu diário durante esses dez anos?

b) De que acontecimento do ano anterior ela não gosta de se lembrar?

c) Que promessas ela faz a si mesma?

5. Quando Biloca fala de sua classe e dos professores, logo no início do diário, percebemos algumas críticas. O que ela disse a respeito:

   a) da classe?

   b) das matérias?

6. Que fatos do dia a dia familiar, registrados no diário, se relacionam com a mudança de casa, quase no final do livro?

7. No diário, além do registro do seu dia a dia, Biloca relata algumas questões mais pessoais, relacionadas às mudanças em seu corpo. Como Biloca encara essas mudanças?

fica não ser capaz de participar na vida da comunidade e sentir-se inferior perante os outros [...] significa não ter oportunidade de construir uma vida melhor para si no futuro.

As crianças que vivem em extrema pobreza deparam, frequentemente, com a impossibilidade de frequentar a escola. Muitas acabam por trabalhar em tempo integral, em condições perigosas de exploração, simplesmente para poderem sobreviver. Com pouca ou nenhuma educação e sem quaisquer recursos, não conseguem romper o ciclo da pobreza.

(http://www.gmfc.org/po/index_html)

Essa realidade parece muito distante do seu dia a dia? Faça uma pesquisa em sua comunidade e descubra: que grupos (locais, governamentais e não governamentais) estão empenhados na luta pela garantia dos direitos da criança e do adolescente? Qual a legislação específica (em nível municipal, estadual e federal) que defende os direitos de crianças e jovens? De posse dessas e de outras informações, organizem um grande debate com a classe toda.

20. A descoberta da sexualidade é um tema que percorre todo o *Diário de Biloca:* está presente nas cartas que Fabiana escreve à Juliana e nas inquietações de Biloca em relação a seu corpo. E você, tem muitas dúvidas em relação a esse assunto? Em grupos, façam uma pesquisa sobre gravidez e doenças sexualmente transmissíveis. Certamente há algumas dúvidas que nem sempre são esclarecidas por meio de pesquisa. Assim, conversem com seu professor e verifiquem a possibilidade de trazer um profissional da área de saúde para responder às questões da turma.

Atual
Editora

Confesso, sem a menor sombra de dúvida, que os adultos são muito mais "aborrecentes" do que as crianças e os jovens. Crianças e jovens são, sobretudo, mais sinceros em seus pensamentos, emoções e ações. Brigam por suas ideias e comportamentos, mas guardam pouquíssima mágoa de broncas e posições divergentes. Sempre tive a impressão de que para crianças e jovens a vida está sempre recomeçando.

Hoje, muita gente ainda espera que meninos gostem de carrinho e bola e que as meninas prefiram bonecas. As garotas são estimuladas a falar com delicadeza e a expressar seus sentimentos (por meio do diário, por exemplo), e aos meninos se diz que é preciso segurar as lágrimas e falar com firmeza. O que você tem a dizer sobre essa postura?

• Como escritor e educador, penso que o mais gostoso da vida é reinventá-la constantemente. Está escrito em alguma lei que um menino não pode fazer diário? Ou que uma menina não pode jogar futebol? Não... não. Aliás, o próprio diário da Biloca é uma transgressão ao jeito tradicional de se fazer diário. É só compará-lo aos diários mais antigos. Esses enquadramentos só valem para as cabeças curtas, que não sabem lidar com o diferente e querem tudo enquadrado, tudo bem arrumado em gavetas, tudo certinho. O que vale é a delicadeza e a beleza na forma de se expressar, a sinceridade dos sentimentos. Sendo assim, vale, para meninos e meninas, escrever um poema de amor em um guardanapo manchado de batom, de lágrima, de refrigerante...

A orientação sexual deve fazer parte do trabalho desenvolvido pela escola, principalmente nos últimos ciclos do ensino fundamental, que correspondem ao início da adolescência. Em *Diário de Biloca*, você trata desse assunto. Em sua opinião, como essa questão deveria ser trabalhada em sala de aula?

• De muitas formas. Uma abordagem feita a partir da leitura do *Diário de Biloca*, por exemplo, é absolutamente possível e interessante. Recebi inúmeras correspondências de professores dizendo que discutiram em classe com os alunos questões ligadas à orientação sexual a partir do livro. Essa abordagem, após a leitura de um livro de literatura, portanto, me parece um caminho interessante, fácil e gostoso. Afinal, o que é a literatura, senão uma outra versão possível, um outro olhar sobre a vida? De qualquer forma, as escolas têm encontrado seu caminho para lidar com essas informações, tão necessárias à vida moderna: oficinas, leitura de textos de jornais, problematização de casos reais. O importante é que a abordagem seja clara, objetiva, sem preconceitos. O resto, a meninada ensina pra gente.

FALANDO AGORA DE OUTRAS ÁREAS EM QUE VOCÊ ATUOU: COMO FOI ESCREVER PARA REVISTAS E JORNAIS INFANTIS DE SÃO PAULO? DE QUE TEMAS VOCÊ TRATAVA NESSES ESCRITOS?

- Escrever para jornais e revistas infantis é uma gostosura. Escrevi muito para a *Folhinha de S.Paulo*, na década de 1980, quando estava iniciando a carreira, e devo parte do impulso de minha carreira a esse jornal infantil. Uma delícia. Além de escrever histórias, eu sugeria temas e ideias. Escrevi muita coisa para a revista *Recreio*, em suas muitas caras e fases. Quase sempre eu escrevia histórias com assuntos do cotidiano da meninada.

HOJE, VOCÊ TEM MAIS DE QUARENTA LIVROS PUBLICADOS, DOIS TRADUZIDOS, UM PRÊMIO DA UBE (UNIÃO BRASILEIRA DE ESCRITORES) E MUITOS LEITORES. COMO VOCÊ SE SENTE QUANDO PENSA EM SUA TRAJETÓRIA DE ESCRITOR?

- Vários pensamentos me ocorrem. Penso, por exemplo, que o início foi muito difícil. Imagine um professorzinho da periferia, vindo do interior, sem nenhuma tradição nas letras, filho de pais quase analfabetos, chegando e querendo publicar! É mole? Costumo brincar e dizer que eu entrei na literatura infantil e juvenil pela porta dos fundos. Esqueceram-na aberta e eu entrei. Mas penso também que foi um ato de coragem, de aprendizagem. Cheguei, fui publicando, ganhando espaços e leitores, e fui ficando. Lembrando de minha origem, vindo de uma cidade sem bibliotecas, livrarias e bancas de jornal, à época de minha infância e adolescência, acho que caminhei bastante... Mas ainda luto por um reconhecimento maior do meu trabalho. Penso, sem modéstia, que alguns textos meus poderiam ter ganho prêmios... mas isso é uma outra história longa e complexa. De qualquer forma, sinto-me imensamente feliz com minha carreira de escritor, com o reconhecimento dos leitores, com o grande número de textos meus que circulam em livros didáticos, com as cartas, telefonemas e *e-mails* que recebo. E, principalmente, com os muitos e grandes amigos que fiz com os livros: amigos leitores, editores, escritores, professores...

PENSANDO EM SUA FRASE-DEPOIMENTO, "NÃO ESTAVA ESCRITO NAS ESTRELAS... MAS EU FUI ESCREVENDO", O QUE VOCÊ TEM A DIZER AOS SEUS LEITORES?

- Simplesmente isso: que nada está escrito nas estrelas e tudo está ainda por ser escrito. Basta querer e começar, o resto vem com a vida.